dtv

Im Dämmerlicht der Blauen Stunde tummeln sich die unterschiedlichsten Katzen im Garten der Erzählerin. Sie kommen von überallher, auch aus der Vergangenheit, aus Bildern und Büchern. Und manchmal ist auch Jacqueline da, die Freundin und Malerin. Jede der Samtpfoten weckt bei den beiden Frauen Erinnerungen an die Kindheit, an Orte und Menschen, an Eindrücke aus Literatur, Musik und Malerei. – Eine fantasievolle, liebevoll illustrierte Katzengeschichte zwischen Traum und Wirklichkeit.

Eva Berberich lebt mit ihrem Ehemann, dem Schriftsteller Armin Ayren, im Schwarzwald. Mit ihren Büchern schrieb sie sich in die Herzen unzähliger Katzenfreunde.

Jacqueline Kiang, geboren in New York, lebt heute als Malerin in Paris. Sie war Schülerin von George Grosz und wurde durch internationale Ausstellungen bekannt.

Eva Berberich

In der Blauen Stunde kommen die Katzen

Mit Illustrationen von Jacqueline Kiang
und Eva Berberich

Deutscher Taschenbuch Verlag

Von Eva Berberich
sind als *dtv großdruck* im
Deutschen Taschenbuch Verlag erschienen:
Alles für den Kater (25187)
Das Glück ist eine Katze (25232)
Nicht ohne meinen Kater! (25280)

Originalausgabe
Juli 2009

www.dtv.de
Umschlagkonzept: Balk & Brumshagen
Umschlagbild: bridgemanart.com/Suzanne Bailey/Ditz
Gesetzt aus der Garamond 13/16'
Gesamtherstellung: Druckerei C. H. Beck, Nördlingen
Gedruckt auf säurefreiem, chlorfrei gebleichtem Papier
Printed in Germany · ISBN 978-3-423-25295-2

Für Leo Kok
(1893–1992)

»Wen die Phantasie nie belogen hat, der weiß nicht, was es heißt, selig zu sein.«

Albert Einstein

Wenn der Nachmittag zu Ende geht, sitze ich im Korbsessel, lege die Hände in den Schoß und warte auf die Blaue Stunde. Weil sie weiß, dass ich sie kommen sehen möchte, betritt sie den Garten so unmerklich, dass ich den Augenblick stets verpasse. Dann lächelt sie mir blau ins Gesicht: Ich bin schon da …

Die Nachbarn verscheuchen sie, indem sie Licht machen, aber ich mag dieses schnelle Licht nicht, finde es aufdringlich, fast unverschämt. Es hat keinen Sinn für Zwischentöne. Da bin ich! sagt es, auf einmal ist's hell, und man sieht alles ganz genau. So genau möchte ich aber gar nicht sehen, und ich bin sicher, auch die Dinge wollen nicht so genau gesehen werden: Sie lieben den Dämmer und wollen träumen; das Lied, das in ihnen schläft, mag kein Gedöns. Ob in mir auch eins schläft, weiß ich nicht, aber ich lausche, die Hoffnung nicht aufgebend, immer wieder in mich hinein.

Als ich noch klein war, brachten die Eltern mich oft zur Großmutter, was uns allen gefiel. Meine Mutter hatte mich für ein paar Stunden los, meine Großmutter hatte mich, und ich ein paar schöne Stunden, schöner als in jedem Kino. Die schönste war blau – die Blaue Stunde, eine sehr liebe alte Freundin, wie meine Oma gern sagte –, eine eher sanfte Natur, die einem den Finger auf den Mund legt, wenn man zu laut spricht.

War es schön, saßen wir im Freien, war es kühl oder regnerisch, im Wintergarten. Meine Großmutter immer in ihrem ausgebleichten quietschenden Korbsessel auf einem Kissen, das sie selbst mit einem Spruch bestickt hatte, der heutigen Frauen das Haar zu Berge stehen ließe: *Mein größtes Glück, mein schönste Freud ist meine stille Häuslichkeit*. Neben uns lag auf einem alten Kartoffelsack Balthasar, Omas Kater, und war schwarz.

Meine Großmutter löste gern Kreuzworträtsel, und ich half ihr dabei. Einmal wusste sie nicht – oder nicht mehr –, wie das Wort hieß für ein Ding, das in drei waagrecht hineinpassen musste, sechs Buchstaben sollte es haben, rund sollte es sein,

gelb und himmlisch. Doch ich wußte es: »Möndel«. Das Möndel schien ins Körbel, und Möndel und Körbel gehören ins Märchen von ›Jorinde und Joringel‹ und in den Zauberspruch: *Grüß dich, Zachiel, wenn's Möndel ins Körbel scheint, bind los, Zachiel, zu guter Stund.* Den Zachiel kannte meine Großmutter auch nicht, aber da die böse Hexe ihn anrief, schien er mir nicht ganz geheuer zu sein.

War das Rätsel gelöst, selten ohne kühne Wortschöpfungen und noch kühnere Schummelei, kam eine Geschichte dran, und war die Geschichte aus, der selige Joseph. Erzähl vom seligen Joseph, sagte ich, und dann erzählte sie vom Joseph selig, wie sie meinen Großvater nannte, und ich legte die Ohren um sie herum, denn was ich da zu hören kriegte, gefiel mir. Unser seliger Joseph schlug alle anderen seligen und heiligen Josepher – den Vater des Jesuskindes eingeschlossen – um Längen. Er versorgte die Cherubim und Seraphim mit bestem kaltgeschleudertem graugrüngoldenem Tannenhonig, schließlich war er hinieden Imker gewesen; und als das Jesuskind, offenbar nicht immer nur ein süßer Knabe im lockigen Haar, mal nicht spurte, haute er ihm – wozu dem heiligen Joseph der Mumm gefehlt hatte – den Hintern voll. Das konnte ich nicht oft genug hören. Jahre später entdeckte ich in Omas dickem Lexikon der Malerei ein Bild von Max Ernst mit dem poetischen Titel ›Die Jungfrau Maria, dem Jesuskind den Hintern versohlend‹, und mir kam der Verdacht, da habe meine Großmutter, in der Absicht, unseren seligen Joseph ins beste himmlische Licht zu rücken, wohl auch zugelangt und sich bedient.

Doch ich schweife ab. Daran ist die Blaue Stunde schuld, da kann man seine Gedanken nicht zusammenhalten.

Für mich stand fest: Mein toller Opa und Demjesuskinddenhinternversohler weilt in einem wunderschönen jenseitigen seligen Blau, läßt sich's dort gutgehn bei Streuselkuchen und Kakao, schmaucht seine Pfeife, und die Engel reißen sich drum, wer auf seinen Knien sitzen und die Rauchkringel aufspießen darf. Eine Szene, die ich sogar künstlerisch gestaltet habe und die, würdig und schön gerahmt, jahrelang über Omas Kücheneckbank hing.

Ob Engel auch Flöhe hätten, fragte ich, denn wenn ich Balthasar den Bauch kraulte, sah ich oft kleine dunkle Punkte in seinem Fell herumkrabbeln. Natürlich hätten sie Flöhe, wie jedes Federviech, aber wenn es zu arg geworden sei und die Kerle zu frech, habe Opa ein paarmal kräftig gehustet, und die Engelsflöhe seien tot umgefallen.

Zu fragen, woher sie das alles wisse, wäre mir nie in den Sinn gekommen, denn sie erzählte mit leuchtenden Augen und großer Autorität. Ich glaubte ihr jedes Wort.

So hat meine Großmutter mein Weltbild tief geprägt. Seit jenen Blauen Stunden mit ihr gehören für mich »selig«, »jenseitig« und »blau« untrennbar zusammen, und ein Kater oder eine Katze gehört auch dazu.

Oma und Balthasar sind schon lange selig und jenseitig, aber die Blaue Stunde lebt immer noch, die hat sie mir ebenso vermacht wie Haus und Garten, ihren quietschenden Korbsessel – der steht nach wie vor, dem Alter und der Vergänglichkeit trotzend, fest auf seinen vier Beinen – und das Sitzkissen mit dem unzeitgemäßen Spruch von der stillen Häuslichkeit. Wobei mich wundert, dass meine Nichte, eine junge, moderne und – wie man gern sagt – mitten im Leben stehende Frau, auf dieses Kissen ganz scharf ist und jedes Mal, wenn sie bei mir hereinschaut, versucht, es mir abzuschwatzen. Nein, sage ich, ihr emanzipiertes Hinterteil könne unmöglich auf einem so reaktionären Kissen sitzen, worauf sie erklärt, was ihr Hintern dazu meine, sei ihr wurscht, und schon mal Erbansprüche anmeldet.

Auch meine Katze – sie hört auf den eher unpoetischen Namen Schlumpel – liebt die Blaue Stunde. Sie liegt auf der kleinen, noch sonnenwarmen Treppe, die von der Terrasse in den Garten hinunterführt. Manchmal sähe ich gern in ihren Kopf hinein, was sich darin tut, oder ich wäre auch gern eine

Katze, aber bitte nur mal kurz und mit Rückfahrkarte.

Schlumpel liegt wie immer auf der Dämmerungsstufe, das ist die dritte Stufe von oben, die vierte ist die Morgenstufe, die erste die Nachtstufe – keine Katze hält sich an unsere menschlichen Vorstellungen von richtiger Reihenfolge –, hat die Vorderpfoten eingerollt, was sehr gewinnend aussieht und wozu man Müffchenmachen sagt.

Dabei denke ich immer an meinen lieben alten abgewetzten Kindermuff, der mir im Winter um den Hals gehängt wurde und in den ich die vor Kälte kribbelnden Hände steckte zum Aufwärmen. Später sah ich in alten winterlichen Filmen schöne russische Damen, das Gesicht umrahmt von kleidsamen Kapuzen – ich habe bis heute eine Schwäche für alles, woran eine Kapuze hängt, ob Mantel, Pullover oder Bluse –, und diese Damen steckten ebenfalls ihre Hände in ihre Muffs, vermutlich in edlere, kostbarere, als meiner war. Heute gibt's statt der Muffs elektrische Aufwärmer oder eine Art Heizplättchen, die eine Flüssigkeit kristallisieren lassen, und dann wird's warm, doch dabei denkt kein Mensch mehr an wunderschöne russische Damen, die warm eingepackt in Kutschen durch eine weite tiefverschneite Landschaft fahren, während die Glöckchen der Pferde bimmeln.

Aber ich schweife schon wieder ab.

Meine Katze nimmt oft Dinge wahr, die mir entgehen, weil sie die schärferen Augen und die feineren, weil spitzeren Ohren hat und einen Sinn, den ich nicht habe, der nur einer Katze eignet und den ich den Zwischendrinsinn oder auch Zwielichtsinn nenne. Manchmal bewegt sie leicht den Kopf mit den halbgeschlossenen Augen, vermutlich verfolgt sie die Blaue Stunde, wie sie durch den Garten schlendert, wie sie Bäume, Büsche und Sträucher so sachte in

Dämmerung hüllt, dass man's kaum merkt. Wirkliches und Unwirkliches gehen ineinander über – aber was ist schon wirklich, was unwirklich –, die Grenze zwischen Erlebtem und Geträumtem verwischt.

In der Blauen Stunde kommen manchmal die Katzen.

Einige sind mir vertraut, die kenn ich von früher; andere glaube ich schon mal gesehen zu haben, weiß aber nicht, wann und wo. Vielleicht kommen sie aus einem Buch, einem Bild, angelockt vom Dämmerlicht der Blauen Stunde. Denn Katzen sind neugierig, sind Grenzgänger, die sich in Buchdeckel und Bilderrahmen nicht einsperren lassen. Auf einmal sind sie da, aufgetaucht aus dem Zwielicht, und nehmen den Garten in Besitz. Manchmal dulden sie es, dass ich ganz dilettantisch versuche, sie zu zeichnen. Am liebsten mag ich es, wenn sie einfach nur so dasitzen oder herumliegen und sich nicht bewegen. Kriegen sie einen Rappel, springen sie los, kommt mein Bleistift nicht mehr mit. Deshalb machen meine gezeichneten Katzen oft einen so besinnlich-faulen Eindruck.

Unter ihnen sind seltsame, geheimnisvolle, aber auch lustige und verspielte Geschöpfe. Gern wirken sie ein bisschen verhuscht, wie auf einem impressionistischen Bild. Sie hocken auf dem Gartentörchen, balancieren auf dem Zaun, lugen zwischen Büschen hervor, klettern auf Bäume, suchen sich ein Plätzchen und lassen sich nieder. Sie recken und strecken sich, machen lange Pfoten und eindrucksvolle Buckel, rollen sich zusammen, und durch mein Gemüt zieht ein mehr oder weniger liebliches Gemaunze. Manche ruhen auch – zur Freude meines Bleistifts – einfach nur in sich.

Dann merke ich, dass noch jemand da ist. Neben mir sitzt auf einem umgestülpten

Blumenkübel Jacqueline und sieht sich verwundert um. Welcher Wind sie denn hergeweht habe, frage ich. Sie wisse es nicht, möglicherweise hätte ich sie, in diesem ehrwürdigen Korbsessel dösend, hergeträumt, was très aimable von mir sei, wir hätten uns ja schon ein oder zwei oder hundert Jahre nicht mehr gesehen. Auch komme es ab und zu vor, dass sie in der Blauen Stunde, in der sie in ihrer Wohnung in Paris gern am Fenster sitze, ein bisschen spazierenträume.

Egal, wer träumt, sage ich, Hauptsache, du bist da, vielleicht waren es auch die Katzen, die dich hergelockt haben, die kommen oft in der Blauen Stunde, da sind ja schon welche. Ich zeige auf die kleine Wiese – ich habe keinen ordentlichen Kurzrasen, bei mir blüht wild durcheinander, was blühen will –, wo ein paar Katzen sich vergnügen. Kennst du die?

Jacqueline sucht ihre Brille, aber die liegt irgendwo in ihrer Wohnung. Wenn du wieder eine Träumerei machst mit mir, dann mit Brille, sagt sie und setzt meine auf, damit geht's auch.

Eine der Katzen wälzt sich lustvoll auf meinen Erdbeeren herum. Voilà Francesca! ruft Jacqueline, die habe sie mal in Ravenna gezeichnet, nur eine flüchtige Skizze, Francesca sei so verquirlt und halte nie still. Offenbar sei sie, Geselligkeit suchend, ihr nachgerannt. Katzen, die man irgendwann mal gezeichnet habe, seien sehr anhänglich und liefen einem gern hinterher, sagt Jacqueline, und deshalb rolle Francesca nun auf meinen Erdbeeren herum, was doch charmant aussehe.

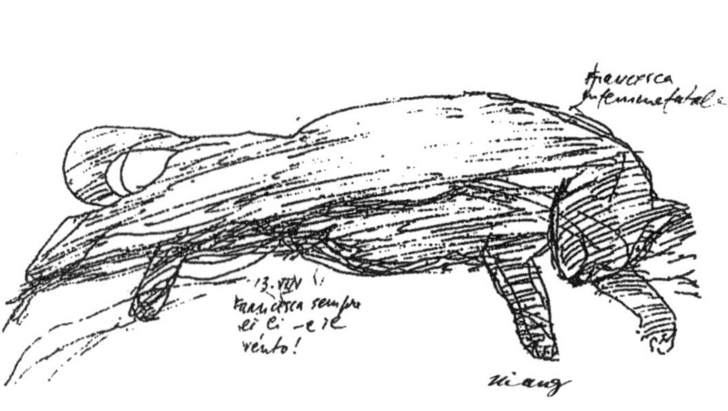

Ja, sage ich, wirklich charmant. Dass die Erdbeeren das auch finden, glaube ich aber nicht.

Francesca sei übrigens in einem früheren Leben, so habe sie ihr vertraulich geflüstert, jene Francesca da Rimini aus Ravenna gewesen, die von ihrem Gatten Gianciotto Malatesta ermordet wurde, weil sie dessen Bruder ihr Herz geschenkt hatte, der viel erotischer gewesen sei als der dickwanstige Gatte und gleich mitgemeuchelt wurde. Manchmal bekomme sie Ausgang aus der Hölle, in die sie wegen Unzüchtigkeit verdammt worden sei – damals habe Le Bon Dieu solche Geschichten strenger bestraft als heute –, und bei solcher Gelegenheit schlüpfe sie gern in eine Katze. Der ebenfalls zur Hölle verdonnerte Gatte sei übrigens, so Francesca, mal in ein Krokodil gefahren und hätte beinahe als Damenhandtasche geendet, was sie ihm von Herzen gegönnt hätte. Ihre berühmte Anmut und Schönheit habe Francesca, so Jacqueline, auch als Katze bewahrt, wie man ja sehen könne. Und dann rezitiert sie die Verse aus dem Fünften Gesang der ›Göttlichen Komödie‹, in denen Francesca erzählt, wie sie mit dem Geliebten zusammen ein Buch las, von Ritter Lancelot und der wunderschönen Königin Ginevra: *Da küsste, dem vereint ich ewig bleibe, am ganzen Leibe zitternd mir den Mund. Zum Kuppler ward das Buch, und der's geschrieben. An jenem Tage lasen wir nicht weiter …*

Warum sie nicht weitergelesen haben, in dieser vermutlich ebenfalls Blauen Stunde auf einer von Rosen umblühten und umdufteten steinernen Bank in einem malerischen Renaissancegarten, verschweigt der Dichter. Ein heutiger Kollege hätte, meiner Phantasie nicht trauend, haarklein und gnadenlos beschrieben, was die beiden nun anstellten, und mir nichts mehr zum Ausmalen überlassen. Wie dankbar bin ich doch Dante!

Jacqueline ist ein ganz und gar unzeitgemäßer Mensch und eine ebenso unzeitgemäße Künstlerin, der alles Laute und Kolossale widersteht und die außer der ›Göttlichen Komödie‹ noch viele Gedichte kennt. Ist eins im Anflug, greift sie zu Stift oder Pinsel, und auf dem Papier sieht man die Spur, die es in ihr hinterlassen hat. Das kleine Aquarell mit dem roten Flecken links oben, das über meinem Schreibtisch hängt, malte sie zu einem Gedicht von Eugenio Montale. Auch Gedichte von Paul Celan, Nelly Sachs und T. S. Eliot ruhen gern für eine kurze Zeit auf dem Papier aus, das sie ihnen hinhält.

Reich wird man mit so etwas nicht. Aber Paul Klee, auch ein Feind des Kolossalen und Lauten, der mit seiner Kunst ebenfalls nicht reich geworden ist, hätte ihr sicher zugelächelt.

Als ich sie einmal nach den Elementen ihrer Malerei fragte, sagte sie zögernd: Tanz, Traum und Architektur. Weitere Auskünfte verweigerte sie als irreführend.

Wenn ihr, wie Francesca, die immer noch über meine Erdbeeren rollt, gerade eine übers Papier läuft, zeichnet sie auch Katzen, und wenn eine herumtobt und wild tut, macht das ihrem Zeichenstift im Gegensatz zu meinem keine Schwierigkeiten. Vor Jacquelines Katzen muss man aber warnen, denn sie sind weder süß noch herzig, sie denken nicht daran, nett zu sein, lassen das Herz nicht schmelzen, verzücken nicht den

Betrachter. Manchmal muss man die Katze suchen auf einer Skizze, sie hockt und bockt, ein verwullertes Strichknäuel, ein krausborstiges Ungeheuer, in einer Ecke,

dreht einem den Hintern zu,

oder sie springt dem Blick davon,

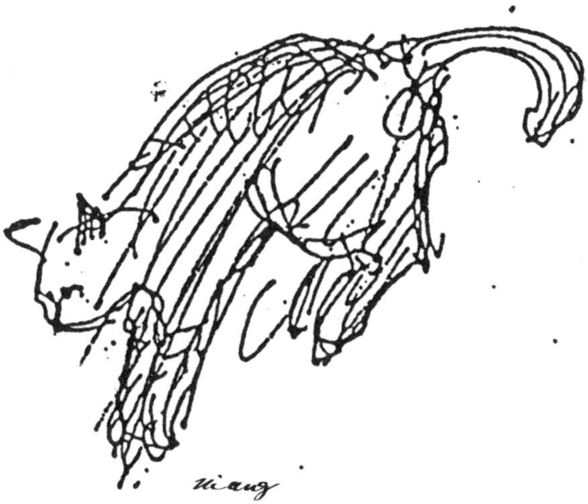

denn, sagt Jacqueline, eine Katze kann man nicht festhalten, sie entzieht sich gern, lässt nicht jeden an sich ran, weder mit streichelnder Hand noch mit schmeichelndem Stift. Und so ist nicht immer alles, was zu einer Katze gehört, auf dem Blatt versammelt, Ohren, Pfoten, Augen, Fell. Manchmal sieht man ein paar Dinge etwas deutlicher, dann eher schemenhaft, man ahnt eine erhobene Pfote, eine zuckende Schwanzspitze, eine lang gestreckte, elegante flüchtige Rückenlinie, dann ist die Katze schon

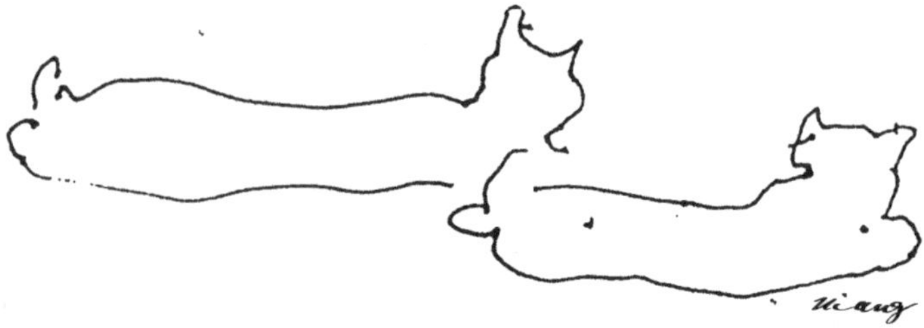

wieder ganz anders oder ganz woanders, sie taucht unter im Irgend- oder Nirgendwo.

Was immer Jacqueline tut, ob sie eine Katze zeichnet, den Mantel anzieht oder die Nase putzt, und obwohl sie altersmäßig irgendwo zwischen siebzig und achtzig herumschwebt, bewegt sie sich mit der Eleganz einer Primaballerina, unter deren Vorfahren vermutlich eine Katze war. Was einem ständig Minderwertigkeitskomplexe verschafft, man kommt sich neben ihr vor wie ein Kartoffelsack oder ein Trampeltier und würde sich am liebsten sofort für einen Schnellkurs bei der Volkshochschule anmelden, ›Anmut und Grazie garantiert in zehn Tagen‹.

Manchmal beschleicht mich ein Gefühl, als –

Bist du sicher, daß du keine Katze bist, Jacqueline?

Eine Katze? Ich?

Wenn Francesca da Rimini in eine Katze schlüpfen kann, dann kann eine Katze doch wohl auch in Jacqueline schlüpfen, oder?

Ganz genau wisse man ja nie, wer oder was man sei, meint sie, jedenfalls finde sie den Gedanken reizend – oder sagt man reizvoll? –, auch habe sie ab und zu das Bedürfnis, sich zusammenzurollen, habe auch schon versucht zu schnurren, aber da müsse sie noch üben. Meine Schlumpel ist verrückt nach ihr, und wenn Jacqueline mit dem Finger behutsam über ihre Nase streicht, ist sie im siebten Katzenhimmel und geht ihr nicht mehr von den Fersen.

Und Jacqueline ist eigen. Als ich ihr einmal helfe, Bilder in einer Ausstellung anzuordnen, ist sie untröstlich, weil ein amusischer Mensch zwei Bilder nebeneinander hängt, deren Rottöne, aufs heftigste verfeindet, sich hörbar angiften. Der Gedanke, zum Überdruss könne womöglich noch eine törichte Frau in rotem Mantel, mit rotem

Hut oder mit, wie heute üblich, roten Haaren vor den Bildern stehen, bringt sie zur Verzweiflung, das müsse doch zu Mord und Totschlag unter all den Rots führen. Weshalb wir alles so lange immer wieder umhängen, bis die Bilder, Jacqueline und ich erschöpft und zufrieden sind.

Einmal liest sie, was Colette über Blumen geschrieben hat. Sie zeichnet die Blumen, schickt Blumen und Colette an einen Verlag, wo beide nie ankommen. Sind lieber verblüht, sagt Jacqueline, aus Angst, gedruckt zu werden.

Früher machte sie aus Ton und Bronze kleine Figuren, die erschlug ihr erster Ehemann, weil sie in seinen Augen ohne Sinn und Verstand waren.

Manchmal denkt sie in Federn. Manchmal in Eiskristallen. Sie freut sich, wenn in einer Sonate ein anderer Ton kommt als der, den sie erwartet hat. Monteverdi kenne sie übrigens persönlich, sagte sie einmal so nebenbei.

Was? Du? Ihn?

Oui. Von damals.

Damals ist die Zeit, in der Monteverdi

gelebt hat. Siebzehntes Jahrhundert. Ich traue Jacqueline auch das zu.

Sie ist – nur mit dem Pass, nicht mit dem Herzen – Amerikanerin. Ihrem Geburtsland hat sie den Rücken gekehrt aus mancherlei Gründen. Einer davon ist, dass sie nach dem alten Europa wollte, in der Hoffnung, hier Menschen zu finden, die ihr nicht nach jedem Satz ein »Okay« an den Kopf werfen oder ihren Sinn für Ästhetik dadurch beleidigen, dass sie, ständig den Kaugummi von einer Backe in die andere schiebend, einem das Heu im Maule mahlenden Rindviech gleichen.

Diese Hoffnung hat sie getrogen. Mit ihrem zweiten Ehemann, einem chinesischen Archäologen, hat sie auch in Alexandria gelebt, wo er im Wüstensand nach Mumien, Hieroglyphensteinen und Obelisken buddelte, und auf ihre alten Tage hat sie sich in Paris niedergelassen.

Jacqueline kennt die Welt, aber die Welt kennt Jacqueline nicht, die kennt lieber andere, die mehr von sich hermachen. Ihre Tochter Ying, die auch Olivia heißt – und die einem maronitischen Libanesen mit einer militanten palästinensischen Großmutter verbunden ist, was Jacqueline immer etwas irritiert, wegen ihres geliebten Onkels Heinz, eines nach Amerika ausgewanderten Wiener Juden, und einer Urahne, die in Jerusalem geboren wurde –, Ying hat von ihrem chinesischen Vater den klaren Verstand geerbt und die Vernunft, die sie der Mutter ständig warme, schützende Unterhemden schenken läßt mit der Aufforderung, sie zu tragen. Was diese verweigert, weshalb sie heute noch unvernünftig, unbeschützt und unbehemdet dahinlebt.

Jacquelines angebeteter Onkel Heinz liebte Heinrich Heine so sehr, dass er ihr, heimwehkrank nach seiner Muttersprache, das eine oder andere Gedicht beibrachte. Ihm verdankt Jacqueline auch ihr etwas efeuumranktes Deutsch. Sie kennt viele liebenswürdig verstaubte Wörter, waren es doch nicht gerade die modernsten Dichter, zu deren Lektüre Onkel Heinz sie angeregt hatte, und manche Wörter macht sie sich auch selbst.

Zwei Sätze mag ich besonders, die sie immer mal wieder in die Unterhaltung einfließen lässt, wobei sie einen verträumten Gesichtsausdruck bekommt, wie Iphigenie, als die das Land der Griechen mit der Seele suchte. Der eine heißt: *Der Mann wird Ihnen sagen, wo Sie aussteigen müssen.* Der andere ist eine Frage: *Wo bitte ist der Ungeheuer Wiese?* Woher sie die hat und was sie bedeuten, weiß Jacqueline selber nicht. Sie seien jedoch, sagte sie, keineswegs so unsinnig wie ihre mögliche Erklärung. Und so liegt der Schleier des Geheimnisvollen über diesen geradezu mystischen Sätzen, die man am besten in Ruhe lässt, weil es vielleicht gar nicht gut ist, wenn man erfährt, wo man aussteigen muss und was das für eine Wiese ist, auf der sich Ungeheuer tummeln.

Jacqueline besitzt die Reichtümer einer Kirchenmaus, was ich nur preisgebe, weil sie selbst es nicht verschweigt; der Gedanke, mehr Dinge zu haben, als in ihrer alten Reisekiste Platz finden, würde ihr Angst machen. Menschen, die sich ihrer Besitzlosigkeit freuen, trifft man selten, weshalb ich froh bin, dass ich Jacqueline kennengelernt habe, vor Jahren am Lago Maggiore, bei Leo, ihrem holländischen Liebsten. Der hatte sie einst, da war sie zweiundvierzig und er achtundsiebzig, mit dem Lasso seiner Stimme eingefangen. Er lebte seit Urzeiten im ältesten Haus von Ascona, sehr zum Ärger des reichen Besitzers jenes Hauses, der es zu Eigentumswohnungen für noch Reichere ausbauen wollte und nicht konnte, weil ein menschlicher Richter, hoffend, der Alte zögere sein Sterben nicht immer wieder unzulässig hinaus, es jedes Mal verhinderte. Der Alte aber setzte sich aufs Fahrrad und ließ den Tod einfach stehn. Was den reichen Besitzer so ärgerte, dass er eines Morgens hinging und den Feigenbaum vor der Wohnungstür des Alten absägte.

Der Alte fuhr, als ich ihn kennenlernte – da war er gerade mal neunzig –, immer noch mit dem Rad durch die engen Gassen, sprach alle Sprachen, hatte alle Bücher gelesen, in der holländischen Nationalmannschaft Fußball gespielt und eine weltberühmte Sopranistin gelegentlich auf dem Flügel begleitet, weil sie ohne ihn keine Schubertlieder singen wollte. Mit Arthur

Honegger hatte er vierhändig Klavier gespielt und mit Mondrian, den er aber nicht mochte, öfters Kaffee getrunken.

Das sei Madame Kiang, sein guter Geist, sagte Leo, als wir ihn damals in Ascona besuchten. Jacqueline erklärte, sie sei leider Gottes une vieille sorcière, eine alte Hexe, aber ich fand die großäugige Hexe schön, und weil sie gottlob noch nicht gestorben ist, da Hexen sich lange halten, ist sie es heute noch.

Sie liebe es zu malen, sagte Leo, wenn er auf dem Klavier improvisiere, und eigentlich habe er sie gar nicht verdient. Das fand ich später dann auch. Denn der alte Geliebte betrog seinen guten Geist auf Grund einer rätselhaften Anziehungskraft auf alles Weibliche nach Strich und Faden mit tausend Frauen, sogar mit der seit dreihundertfünfzig Jahren in vollmondigen Nächten durch die Bogengänge seines Innenhofes spukenden Weißen Frau.

Er führte ein bewundernswert tadeliges Leben. Auch Menschen wie ihn trifft man heute kaum noch, weil sie nicht mehr nachwachsen.

Bäume sind da anders, der abgesägte Feigenbaum trieb neu aus und brauchte nur drei Monate, bis er wieder an das Dach heranreichte. Da ging der Besitzer des Hauses abermals hin und tötete den Baum ein zweites und später ein drittes Mal. Doch Jacquelines Geliebter lebte weiter, spielte Schach und Klavier, und Jacqueline, la belle sorcière, malte, was er spielte, alle richtigen und alle falschen Töne, und was sie in den Pausen hörte, wenn nichts zu hören war, malte sie auch.

Als der Liebste fast hundert war, fand er, es reiche, sagte ihr zum ersten und zum letzten Mal, dass er sie liebe, und hörte auf zu leben. Nachdem er gestorben war, fand sie eines seiner Tagebücher. Auf Seite vierundsechzig unten las sie, dass soeben ein weißer Vogel vor seinem Fenster vorbeifliege. Als sie aufblickte, sah sie, wie ein weißer Vogel vor dem Fenster vorbeiflog. Das machte sie froh. Sie reiste mit Leos Asche nach Paris, öffnete auf dem Pont des Arts die Urne, schüttete die Asche in die Seine, wobei ein Wind aufkam, ihr die Asche zuerst ins Gesicht warf – weshalb der Geschmack von

Asche ihr vertraut ist – und sie schließlich über den Fluss trieb und verwehte. Der Liebste erscheint ihr ab und zu in Weiß, als weißer Schmetterling oder als weiße Wolke, und im Winter ist der Schnee, Jacqueline zulieb, weiß, was Jacqueline und mich einigermaßen wundert, denn ihr Liebster war ja nun wirklich kein Unschuldslamm gewesen, sondern noch im allerhöchsten Alter ein *homme de femmes*, wie man in Frankreich sagt, dem die Frauen noch auf seinem Sterbebett feurige Blicke zuwarfen, und er warf ihnen ebenso feurige zurück.

Sie hat sich mit ihrem Geliebten wieder verabredet. In hundert Jahren.

On verra.

Manchmal besucht Jacqueline mich, und dann – ich lebe auf dem Land – zieht es sie immer zu den Kühen. Regarde les vaches, Eva, sagt sie verzückt, regarde leurs cornes, leurs yeux, comme c'est beau! Sie kann nicht genug von ihnen kriegen, in Paris gibt es Kühe ja eher selten.

Kommt sie im Herbst, lege ich immer eine Quitte auf ihr Kopfkissen. Wenn sie diese an die Nase drückt, macht sie die Augen zu und erinnert sich. Spräche sie über das Erinnerte, sagt sie, ginge dieses traurig und für alle Zeit aus ihrem Sinn und verlöre sich in der Fremde …

Doch zurück zu den Katzen, die sich nach und nach einfinden in dieser Blauen Stunde.

Der erste ist Bruder Grau, er steht vor dem Fressnapf meiner Schlumpel auf der untersten Treppenstufe und schleckt ihn leer, wie damals, als er mich heimgesucht hatte. Ich nannte ihn so, weil er ein Kartäuser war.

Er gehörte einem frommen Orden an? fragt Jacqueline.

Ein Kartäuser ist sowohl ein Mönch als auch ein Kater. Mein grauer Bruder war aber mehr Kater als Mönch, ewig hungrig nach Essen und Liebe. Er lebte bei einem Bauern, der Bauer starb, die Witwe zog weg und ließ ihn zurück mit dem Hinweis, fortan gefälligst für sich selber zu sorgen, sie habe Katzen sowieso nie gemocht und sei heilfroh, ihn loszuwerden. Eines Tages stand er vor meiner Tür und machte mir eindringlich klar, er habe Hunger. Großen, gewaltigen Katerhunger. Was hätte ich tun sollen?

Die Verhungernden speisen, sagt Jacqueline, die Verdurstenden tränken und den Herumstreunern, Heimatlosen und Hinausgeschmissenen ein Körbchen geben. Ich hoffe, du hast –

Ich habe. Er war ein urwüchsiger, rauher Kerl, sein Benehmen nicht fein. Er trat mit den Vorderpfoten in die Schüssel, haute mir die Fleischstückchen vom Löffel und schmatzte unsäglich. Morgen sei ich nicht da, behauptete ich, auch übermorgen nicht, ich hätte vor, drei Wochen zu verreisen in ein fernes Land, in dem es keine Kartäuser gebe, und legte ihm nahe, bei den Nachbarn reinzuschauen, beim oberen, unteren, vorderen und hinteren Nachbarn, die hätten ein Herz für einen wie ihn. Er muss mir nicht geglaubt haben, denn am nächsten Morgen saß er wieder hinter der Küchentür und sah, dass ich keineswegs abgereist war in ein kartäuserfreies Land, sah mich an mit diesem Blick, bei dem ich schmelze. Ich habe eine sehr niedrige Schmelztemperatur, was Katzenblicke angeht.

Ich auch, sagt Jacqueline, und dann, mit einem bezaubernd unmodernen Genitiv: Die dringen in meines Herzens Tiefe.

Das wissen die Viecher natürlich, weshalb sie diesen Blick hervorholen. Hunger habe er, noch nicht gefrühstückt, sei noch nicht gestreichelt worden, nix sei mit den oberen, unteren, vorderen und hinteren Nachbarn, die hätten ihr Herz wohl für was anderes. Bitte streicheln, sagte er, und ich streichelte ihn, und jetzt was sagen, sagte er, und ich sagte was zu ihm. Das war es, was sein Katerherz brauchte, denn –

Auch der Kater, sagt Jacqueline weise, lebt nicht von Brekkies allein, sondern ebenso von jedem liebenswürdigen Wort, mit dem man seine Seele streichelt.

Ich füllte sein Schüsselchen, danach verlangte sein leerer Bauch. Und so hatte ich ihn nun am Hals. Wollt ich in mein Gärtlein gehn, brach er raubtierhaft aus dem Gebüsch, stürzte auf mich zu, legte die Pfoten auf meinen Oberschenkel und hatte Hunger. Immer Hunger. Immer sehr großen, gewaltigen, fast unstillbaren Katerhunger.

Könntest du ihn –? Einen auf mich zustürzenden Kater krieg ich nicht hin.

Jacqueline zeichnet den Gourmand auf das in diesem Augenblick von einem kunstsinnigen Wind hergewehte Stück Papier.

Der Kater schaut zu uns herüber und schleckt sich das Maul.

Ich schlug ihm vor, selbst einen kleinen Beitrag zu seiner Ernährung zu leisten, es gebe Mäuse in Hülle und Fülle. Er kenne diese wusligen Dinger, sagte er, habe auch schon mal eins erwischt, es sei seine Sache aber nicht, stundenlang vor einem Mausloch zu hocken. Und er bestand auf »Huhn mit Thun«.

Ging ich spazieren, rannte er hinter mir her oder zwischen die Beine, und ich sagte, er sei ein Tollpatsch, ich würde gleich auf die Nase fallen und liebte es nicht, von grauen Panthern verfolgt zu werden. Das war ihm egal, er lief mir nach, und wenn ich das Haus verließ, hörte ich schon sein kurzes hohes Fiepen, das gar nicht zu seinem drahtigen muskulösen Körper passte, eher zu einem Kastraten. Wo er doch gar keiner war, wie meine Katze sagte und wie man auch deutlich sah.

Ich bot Bruder Grau im Bekanntenkreis an, ich lobte ihn übern Schellenbambl, seine Freundlichkeit, sein höfliches Betragen, seine Anhänglichkeit, er sei ein regelrechter

Charmebolzen, äußerst kinderlieb, er fresse, weil durchaus asketisch veranlagt, nur wenig, lege gern auch mal einen Fasttag ein, sei bescheiden, tugendhaft und beinahe ohne Flöhe, die mieden graue Katermönche oder Mönchskater und gingen nur ausnahmsweis an diese, wenn keine andersfarbenen da seien. Auch verpflichtete ich mich, ihm eine tierärztliche Generaluntersuchung zu spendieren, alle Kosten zu tragen und ihn frei Haus zu liefern, samt zehn Dosen besten Katzenfutters ohne Farb- und Konservierungsstoffe. Doch niemand wollte ihn, sie kannten mich und zogen sowieso schon drei Viertel ab von dem, was ich sagte, sagte ich was über Katzen. Und so blieb Bruder Grau mir erhalten, über Jahre hinweg. Seine Treue zu mir und meinen Fleischbüchsen, meinen freundlichen Worten und meinem Gestreichel war unerschütterlich, und warum er eines Tages nicht mehr kam, weiß der große Gott der Katzen allein. Er hat mir sehr gefehlt, ich hab ihn betrauert, wie ich alle Katzen betrauere, wenn sie von mir gehen, und dass er sich zur Blauen Stunde ab und zu bei mir blicken lässt, freut mich von Herzen.

Schau! Jacqueline deutet zum Geräteschuppen, wo plötzlich eine ganze Katzensippe auftaucht. Die habe sie zuletzt auf dem Platz vor einer Kirche in Arezzo oder Cortona oder Piacenza gesehen, sagt sie erfreut, die Kirche San Filippo sei dem Heiligen geweiht, der so heiße, der Heilige sei aus Gips, was der Heiligkeit jedoch nichts wegnehme.

San Filippo habe ein gütiges Herz, sagt Jacqueline, wozu er ja auch moralisch verpflichtet sei, und halte seinen Handschutz –

oder sagt man Schutzhand? – über die Katzensippe. Ab und zu schaffe er es, einen Touristen aufzuweichen, der renne dann in den nächsten Laden und erstehe eine Dose mit Katzenfutter – pollo oder manzo, Huhn oder Rind –, oder er sage den Katzen wenigstens ein freundliches Wort. Davon könne man als Katze zwar nichts abbeißen, aber besser als ein Fußtritt tue es doch. Wenn sie die mageren, struppigen Körper streichelte, hätten sie auf Italienisch geschnurrt. Hielten sie Siesta – und als Italiener hätten sie das im Blut –, lagen sie eng aneinandergedrückt zwischen den Abfalleimern, knickten die Pfoten um, wohl um dem heiligen Filippo zu gefallen, sah es doch aus, als beteten sie.

Heiliger Filippo, bitt für uns, sage ich, und bescher uns mildherzige Touristen!

Amen, sagt Jacqueline. Und deshalb hat er seine heilige gipsige Schirmhand über diese eher unheiligen Katzen gehalten. Einmal kriegte ich ihn sogar zu Gesicht, er war mein erster leibhaftiger Heiliger. In der Pension war es trop chaud, ich ging hinaus, ein bisschen nächtlich lustwandeln, ein bisschen italienische Sommernachtluft schnappen. Der Platz vor der Kirche gähnte, weil er so leer war. Nur die Katzen lagen neben den Abfalltonnen. Vor ihnen stand einer in einer langen dunklen Kutte, murmelte einen Singsang oder eine Litanei; aufmerksam und ohrengespitzt verfolgten die Katzen jede Bewegung, jeden Ton. Er predigte ihnen, wie der heilige Dingsbums den Vögeln gepredigt hatte.

Antonius, sage ich, der Dingsbums hieß Antonius, und die Predigt galt den Fischen.

Macht nix, sagt Jacqueline. Mit ihren manchmal leicht bewegten, dann hin- und herpeitschenden (vielleicht las er ihnen die Leviten), dann wieder steil nach oben gerichteten Schwänzen hätten die Katzen die fromme Murmelei kommentiert. Dann sei die Predigt fini gewesen, San Filippo habe Arme und Stimme gehoben, zum überaus prächtig bestirnten Nachthimmel geblickt und der kleinen Gemeinde den Segen erteilt. Weil sie so aufmerksam zugehört hätten, seien nun zum Lohn kleine Kügelchen mit pfuiteuflischem Geruch aus seinen weiten Kuttenärmeln auf die Katzen herabgefallen, die hätten die Mäuler aufgerissen wie im Schlaraffenland. Der Heilige habe dann auch ihr noch schnell seinen Segen gegeben, sei seiner Kirche zugeeilt –

vielleicht hatte er sich heimlich von seinem Platz geschlichen, und wenn einer der Kollegen drinnen ihn beim Allerhöchsten verpetzen sollte, konnte das bedenkliche Folgen haben –, sei, die Kutte raffend, um nicht auf den Saum zu treten, durch ein offenstehendes Seitentürchen ins Innere gerannt, sie ihm nach, um ihm zu sagen, sie sei leider Gottes unfromm, drum könne sie mit seinem Segen nichts anfangen und wolle ihm diesen zurückgeben, er möge ihn lieber einem Würdigeren spenden, damit er nicht verkomme.

Aber San Filippo habe nichts davon hören wollen. Ein Heiliger, und sei er auch aus Gips, nehme nichts zurück, schon gar keinen Segen.

Er sei auf sein Podest gleich neben der Kanzel geklettert, habe den Kopf in den an einer goldfarbenen Wolke festgemachten Heiligenschein gesteckt und seine gewohnte Haltung eingenommen, habe die Arme gehoben, verzückt die Augen gerollt und zum Himmel aufgeblickt, wie die Katzen zu ihm, aber in der himmlischen Kuppel über ihm hätten keine Sterne gefunkelt, sondern sich fette kleine nackte Engel getummelt, an denen er offensichtlich sein Wohlgefallen hatte.

Als Heiliger bekommt er ja, außer einigen entblößungswütigen Touristen, wenig Nackiges zu sehen, sage ich verständnisvoll.

Und während ich noch dem heiligen Filippo nachsinne – lehnt er nicht dort am Apfelbaum, die Arme ausgebreitet zu einem umfassenden Segen, der urbi et orbi gilt, zumindest aber allem, was in meinem Garten kreucht und fleucht? –, stößt Jacqueline mich an und will wissen, wer sich dort neben dem Terrakottakübel mit dem gelbblühenden Oleander breitgemacht habe.

Das ist Montaigne, sage ich erfreut und geschmeichelt. Den hab ich zum letzten Mal vor drei Jahren gesehen. Ich hoffe, er ist bei guter Gesundheit.

Bonjour, monsieur! Enchantée de vous voir, wenn auch nur von hinten! Haben Sie etwas dagegen, wenn ich eine kleine bescheidene Skizze – nur ein paar flüchtige Linien –?

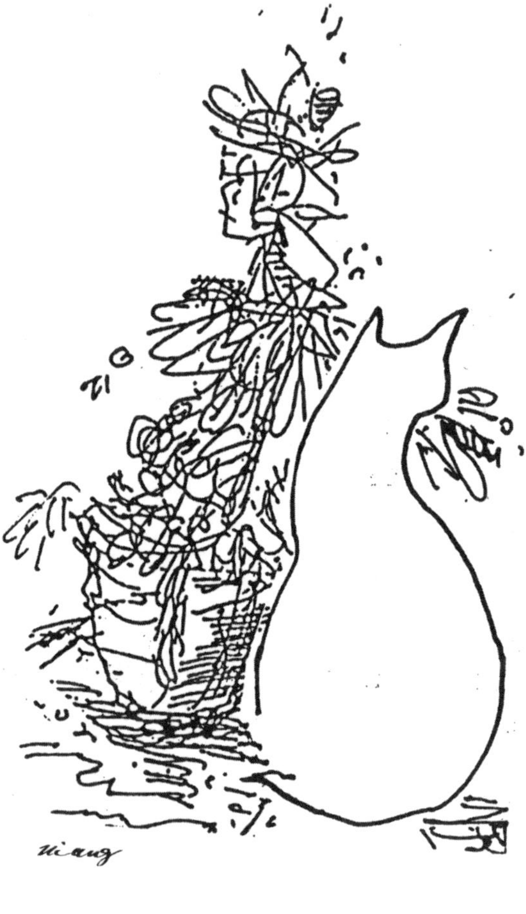

Montaigne ist ein sehr würdiger, sehr weiser und sehr alter Kater. Er regiert in Mas Rouch, einem winzigen, aus sieben Häusern bestehenden Weiler am Südrand der Cevennen, wo André, ein lieber Freund, ein uraltes Haus in den Weinbergen besitzt, an dem er ständig herumwerkelt und in dem ich die Ehre hatte, Montaigne kennenzulernen. Der stammt übrigens aus Montesquieu, was mir kein Mensch glaubt –

Ich glaub es, sagt Jacqueline –

– also kein Mensch außer Jacqueline. Montesquieu ist nämlich nicht nur ein großer Denker wie Montaigne, sondern auch ein noch winzigerer Weiler gleich hinter Mas Rouch, bestehend aus vier Häusern und fünf Misthaufen. Wer's bezweifelt, braucht ja nur auf der Karte der Umgebung von Montpellier nachzusehen.

Montaigne aus Montesquieu – das müsste ihm erst mal einer nachmachen, sage ich zu Jacqueline, unser Heidegger soll sich was schämen, der stammt nur aus Meßkirch. Wenn ich mal wieder nach Frankreich komme, werde ich – natürlich mit Erlaubnis des Besitzers und auf meine Kosten – an Montaignes Geburtsstall ein Schild anbringen lassen mit der Inschrift: *In diesem Stall in Montesquieu verbrachte Montaigne seine Jugendjahre, dann wanderte er aus, seinen Charakter zu bilden im Strom der Welt.*

Jacqueline findet die Idee superb und will wissen, wie Montaigne zu seinem Namen gekommen sei. Der heißt so, sage ich, weil er sein Mittagsschläfchen in Andrés Bücherschrank zu halten pflegt, und zwar auf dem wegen seines unschirrigen Formats waagrecht liegenden Band der ›Essais‹, hinter Mallarmé und Molière, und weil er auffallend dem Montaigne auf dem Kupferstich gleicht, den ein gewisser Bonneville im siebzehnten Jahrhundert von ihm angefertigt hat und der auf der ersten Seite des Buches zu sehen ist: weißer Halskragen, würdige Haltung, unbestechlicher, aber nicht unfreundlicher Blick. Ich erinnere mich an manches Gespräch auf der Treppe des Hauses, wo wir auf den abgetretenen Stufen saßen, er immer auf der oberen, ich zu seinen Pfoten, wie er es mochte und wie es sich gehörte. Ich sagte ihm, ich läse ihn fleißig, hätte auch für teures Geld eine Gesamtausgabe seiner Schriften erworben mit schönen Faksimiledrucken – dass es ein recht preiswertes Exemplar aus dem modernen Antiquariat war, verschwieg ich taktvoll –, auch zitierte ich ihn gern, was er zu schätzen schien. Und nun, zur Blauen Stunde, beehrt er uns, wozu er sich gelegentlich herablässt, mit seiner Anwesenheit, genießt die Ruhe in meinem Garten und blickt klug um sich.

Das siehst du von hinten? fragt Jacqueline, die gerade Monsieurs stattliches Hinterteil schattiert.

Montaigne guckt immer klug, er kann gar nicht anders.

Jacqueline meint, als aufmerksamem Beobachter entgehe ihm bestimmt nichts, womöglich sammle er Material für einen weiteren Band der berühmten ›Essais‹, in den er vielleicht auch uns hineintue. Was mir

aber gar nicht recht wäre, denn Montaigne gilt als Menschenkenner par excellence.

Doch offenbar hat er genug gesehen, oder es scheint ihm nicht wichtig zu sein, denn während er die Augen zumacht und sich zusammenrollt, streicht, fast nur ein Schatten, die nächste Katze ganz hinten an der Mauer entlang, die meinen Garten von dem des Nachbarn abgrenzt. Ihr Fell ist von einem tiefen Mausgrau, viel dunkler als das meines gefräßigen Kartäuserkaters.

Das ist die ewige Katze, sage ich. Die war schon sehr lange nicht mehr hier.

Besonders ewig sehe sie nicht aus, findet Jacqueline, aber wie sieht man schon aus, wenn man ewig ist? Sie kenne niemand Ewigen, sondern nur ganz normale vergängliche Leute mit Verfallsdatum.

Ich hab noch keinem Menschen von ihr erzählt, sage ich, sie ist mein Geheimnis. Weil Jacqueline versichert, sie werde es nicht weitersagen, höchstens Leo, wenn der mal wieder erscheine, erzähle ich ihr die Geschichte von meiner ewigen Katze.

Als ich fünf war, musste ich, wie alle Kinder, jeden Abend die Milch holen, in einer blechernen Henkelkanne mit Deckel. Nicht im Supermarkt, so was gab es damals noch nicht, sondern im Milchhäusle. Ich ging auf dem schmalen Weg – Sechsackerweg 245 – ins Dorf hinein. Rechts war die Wiese mit Abhang, auf der wir im Winter Schlitten fuhren, im Sommer Rädchen schlugen und im Herbst Drachen steigen ließen, links zog sich eine lange Mauer dahin, von der viel Verputz abbröckelte; sie war so hoch, dass ich nicht drübersehen konnte, nicht mal, wenn ich mich auf die Zehenspitzen stellte. Und hinter der Mauer war sie.

Die Katze?

Die Ewigkeit.

Aber wie kommt die Ewigkeit hinter eine Mauer?

Das fragte ich mich nicht. Sie lag dahinter und hörte niemals auf. Doch nur ich wusste das, sonst kein Mensch im Dorf und auf der ganzen Welt.

Und die Katze? fragt Jacqueline.

Die wußte es auch. Weil sie aus der Ewigkeit kam. Immer wenn ich an der Mauer entlangging, mit der Hand über den rauhen Putz strich und mir die Haut aufschürfte –

aber das machte nichts, ich genoss den leichten Schmerz –, stand sie auf einmal da, sah mich an mit diesem Unendlichkeitsblick, begleitete mich bis zur Stelle, wo die Mauer endete, dann setzte sie sich hin und schaute mir nach.

Ich ging vorbei an Büschen und Sträuchern – Haselnuss, Flieder, Thuja, die so streng riecht, wenn man ein Blatt zwischen den Fingern zerreibt –, dann kam ein Haus, dann kamen immer mehr Häuser, und nun stand ich vor dem Milchhäusle. Ich ließ von der weißbeschürzten Milchfrau die Kanne füllen und hörte die tägliche Ermahnung: Pass auf, Kind, dass du nichts verschüttest, und einen schönen Gruß auch zuhaus, und ging auf demselben Weg zurück. Die Katze wartete.

Ich nahm den Deckel ab, legte ihn auf die Erde, goss etwas Milch hinein, sie schleckte die Milch, langsam und ruhig. Wer in der Ewigkeit zuhause ist, der hat keine Eile. Jetzt kam der Deckel wieder auf die Kanne, ich wischte die Tropfen ab, die Katze begleitete mich bis zu der Stelle, wo die Mauer aufhörte. Ich kniff die Augen zu, um ja nicht aus Versehen mitzukriegen, wohin sie verschwand, denn dann hätte ich sie zum letzten Mal gesehen, und wenn ich die Augen wieder öffnete, war sie weg. In die Ewigkeit.

Ich frage mich, was sie dort macht, sagt Jacqueline nachdenklich.

Vielleicht guckt sie Löcher in die Ewigkeit, sage ich.

Und Jacqueline: Oder sie tut einen langen Schlaf, oder liegt einfach nur da oder sitzt herum und lenzt faul, und wenn sie lange genug faulgelenzt und genug Löcher in die Ewigkeit geguckt hat, erholt sie sich davon. So gesehen ist die Ewigkeit kein schlechter Ort für eine Katze. Liegt sie, ich meine die Ewigkeit, immer noch hinter dieser Mauer?

Keine Ahnung, sage ich, vielleicht sucht sie sich alle paar Äonen eine andere, Mauern zerfallen ja irgendwann. Aber bis heute denke ich bei dem Wort »Ewigkeit« weniger an den lieben Gott oder an die »ewige Ruhe«, an ein »ewiges Licht« oder sonst etwas Ewiges, als an eine Katze. Und jedes Mal, wenn ich den ›Messias‹ höre, wo der Chor sein mächtiges *Für immer und ewig, Halleluja, Halleluja* schmettert, fühle ich diesen erregenden leichten Schmerz in meiner linken Hand und sehe eine dunkle Katze an der Mauer vorbeistreichen, hinter der die Ewigkeit ruht. Und ich schließe die Augen.

Es wäre très gentil, ihr ein bisschen Milch anzubieten, findet Jacqueline.

Sie würde sie nicht nehmen. Ich hab keine Milchkanne mit Deckel mehr, die Milch kommt aus dem Supermarkt und schmeckt ganz anders als die in meiner Kindheit, in der eine weißbeschürzte Milchfrau meine Kanne gefüllt hat.

Während ich noch der ewigen Katze nachsinne, wird Jacquelines Blick vom Komposthaufen angezogen. Dort liegt dieser Kater, der vor etlichen Jahren für einige Monate mein Haus mit seiner Anwesenheit beehrt hat, ein lieber, angenehmer, sensibler Gast, ich mochte ihn sehr, begabt mit einer für einen Kater allerdings ungewöhnlichen Sehnsucht.

Nur wer die Sehnsucht kennt, weiß, was ich leide, singt Jacqueline, die auch Goethes Lied der armen Mignon im Kopf hat. Mademoiselle Mignon hat sich nach Italien verzehrt, wo im dunklen Laub die Goldorangen glühn. Und der Kater?

Der wollte nicht nach Italien, sage ich, sondern in ein Buch. Er hatte mal einen andern Kater getroffen, Kater Schnurr oder Murr, der gehört in ein Buch, hatte er behauptet, er habe es sogar selbst geschrieben, und die ganze Welt kenne ihn. Nun wollte er auch in ein Buch hinein, um nicht nur von mir, sondern wie der Murr oder Schnurr von der Welt gekannt zu werden.

Ich machte ihm klar, da könne er jede Hoffnung aufgeben. Um Held eines ganzen Romans zu werden, müsse er bestimmte Voraussetzungen erfüllen. Als er behauptete, die habe er doch, nämlich einen prächtigen Pelz mit ausgesucht markanten Streifen, zwei Gluhaugen, und schnurrbartmäßig sei er allen anderen Katern überlegen, auch dem Murr oder Schnurr, musste ich ihm sagen, das reiche leider nicht aus. Ich kennte alle Bücher mit Katzen drin, und die allermeisten Buchkatzen seien mir zuwider. Die einen fände ich zu putzig, und das sei er ganz sicher nicht. Was mir an ihm aber gerade gefalle, Katzen seien eher unputzig. Die anderen verabscheute ich, weil sie oft furchtbar gescheit daherquasselten. Und so seien Katzen nun mal nicht.

Ob ich ihn denn für blöd hielte, fragte der Kater beleidigt.

Natürlich nicht, sagte ich, er als Katze –

Kater, bitte!

– also er als Nichtkatze und Kater sei keineswegs blöd, im Gegenteil, aber Kater und Katzen läsen nun mal nicht die Feuilletons der ›FAZ‹ und der ›ZEIT‹, zitierten auch höchst selten Thomas Mann oder Brecht oder Cicero und kommentierten nicht die große Politik. So was täten nur die Schreiber solcher Bücher, die den Katzen ihre eigene Belesenheit und Gescheitheit aufbrummten, oder was sie darunter verstünden. Es seien also eher Katzenbenutzer als Katzendichter. E. T. A. Hoffmann sei mit seinem Kater Murr die Ausnahme, die diese Regel bestätige.

Der Arme senkte bekümmert den unbelesenen Kopf.

Ach, du mein armseliger Katerich! sagt Jacqueline, die ein mitleidiges Herz hat.

Und drittens, sagte ich zu meinem Kater, seien immer mehr Bücher bevölkert von detektivischen Katzen. Diese klärten ein hundsgemeines Verbrechen auf – noch nie hätte ich von einer katzengemeinen Untat gehört. Die Schreiber dieser Bücher seien offenbar der Meinung, ohne Action, Mord und Totschlag und wenn unten kein Blut heraustropfe, sei ein Buch des Lesens nicht wert. Du bist nicht putzig, mein Lieber, sagte ich, du liest nicht das Feuilleton, und wie viele Mörder hast du schon zur Strecke gebracht? Welchem Schurken die Krallen ins Genick geschlagen?

Neulich habe er immerhin dem Seppi von gegenüber eine runtergehauen, sagte der Kater schüchtern.

Eine runterhauen reicht nicht. Und in puncto »Aufregendes« ist bei uns hier Ebbe. Hier bringen die Leute sich gegenseitig recht selten um. Lässt man mal die Haustür offen oder die Fenster, fehlt hinterher nichts. Die Nachbarn schenken einem Salatsetzlinge, man leiht einander die Leiter oder die Schneefräse, gern auch mal ein Ei, sogar die Eier sind hier glücklich. Das erleichtert zwar das Leben, ist aber schlecht für die Literatur. Für einen Kater, wie er heute im Buche steht, sagte ich ihm ins Gesicht, gibst du einfach nicht genug her, da beißt die Maus kein' Faden ab.

Der Kater versank in Trübsinn, sein Fell verlor in Nullkommanix seinen Glanz.

Nur Bösewichte, erklärte ich unerbittlich, sind gute Romanhelden, das wissen alle, die was von Literatur verstehen. Von relativ anständigen Leuten, Kater inbegriffen, wendet sich der Leser mit Grausen. Schurken hingegen gelingt es, sein Interesse zu fesseln, etwa Kater wie der berüchtigte »Fritz the Cat«, ein lüsterner, keineswegs moralisch integrer Geselle. Unanständigkeit steht leider Gottes hoch im Kurs. Und es kommt noch etwas hinzu.

Der Kater, Schlimmes ahnend, duckte sich.

Nur aus dem Mangel heraus, der Unzufriedenheit mit den Verhältnissen, kann große Literatur entstehen, sagte ich. Herr Walser, ein bedeutender, streitbarer und umstrittener Dichter mit wild verzwirbelten Augenbrauen, erklärt das auch bei jeder Gelegenheit.

Das habe er nicht ganz verstanden, sagte der Kater schüchtern.

Damit meint der Dichter, einem guten Romanhelden müsse etwas fehlen zum Glück. Leiden muss er. An übergroßem Weh.

Der Schlenzer im Ohr, sagte der Kater hoffnungsvoll, den er dem Pimsel von gegenüber verdanke, tue ihm saumäßig übergroß weh.

Zerschlenzte Ohren gelten nicht. Auch zu fressen hast du genug, alle Katzendamen rundum machen dir schöne Augen, und in deinem Körbchen liegt mein altes flauschiges Nachthemd. Man hat, alles in allem, kein bisschen den Eindruck, es gehe dir schlecht oder du hättest vor, elendiglich, aber eindrucksvoll zu scheitern oder langsam den Bach hinunterzuschwimmen.

Nein, schwimmen wolle er auf keinen Fall, beteuerte der Kater und wurde immer kleiner. Dann fragte er, ob dieser Menschendichter, dieser Dichtermensch, einen Kater habe.

Früher hatte er einen, sagte ich, aber heute ist er, soviel ich weiß, Besitzer eines Hundes namens Bruno.

Der Kater blühte wieder auf. Jetzt sei ihm alles klar. Der Mangel dieses bedauernswerten und auf den Hund gekommenen Dichters sei natürlich sein davongelaufener Kater, der es bei einem so verzwirbelten Streithammel nicht ausgehalten habe. Drum müsse der jetzt Bücher schreiben mit was Fehlendem drin, mit Unzufriedenheit und jeder Menge Leiderei, und von der halte er gar nichts. Ich vielleicht?

Ich sehe, sagte ich, ihren Wert für die charakterliche Entwicklung und für die sittliche Reifung durchaus, aber wenn's auch ohne geht, hab ich nix dagegen.

Er gähnte und erklärte, unter diesen Umständen verzichte er auf eine Karriere als Romanheld, und gähnte gleich noch mal, und zwar so ansteckend, dass ich mitgähnen musste. Man sollte viel mehr gähnen, weil es, wie man sagt, die Hypophyse anregt, Glückshormone auszuschütten, weil es die Sauerstoffzufuhr erhöht und sonst noch ein paar urgesunde Sachen bewirkt. Ich finde, man kann aber auch gähnen, ohne das zu wissen, einfach nur so, weil einem danach ist. Jedenfalls: Wer gähnt, der haut nicht, beißt nicht, brüllt nicht, leidet nicht. Gähnen ist absolut untragisch.

Wir sind halt zu friedlich, sagte ich zu meinem Kater, was doch gar nicht so übel ist; man sollte solche friedlichen, freundlichen Gegenden wie die, in der wir leben, und solche ruhigen Gähnzeiten unter Naturschutz stellen. Auch wenn die große Dichtung einen großen Bogen um sie macht.

Der Kater schien das auch so zu sehen. Er machte ebenfalls einen Bogen, das heißt, einen vollendeten Katz- beziehungsweise Katerbuckel, dann streckte er sich genüsslich und legte sich auf die andere Seite.

Bei Gedichten, schob ich noch nach, um die Dichter nun doch nicht in allzu schlechtem Licht dastehen zu lassen, verhält sich die Sache freilich ganz anders als bei einem Roman. In ein Gedicht kann man es auch als nichtleidender Kater schaffen. Sehr viele ausgezeichnete Dichter können nicht genug kriegen von Katzen und Katern und singen ihr Lob in den höchsten Tönen.

Aber das hörte er nicht mehr. Den Kopf auf den Pfoten, vergähnte und verdöste er den Rest des Nachmittags.

Das tut er auch heute, sagt Jacqueline, und seine Gähnerei ist sehr ansteckend. Er sieht nicht so aus, als sei er doch noch ein Romanheld geworden, er wirkt so friedvoll.

Und dann will sie wissen, was das dort hinten für ein Ding sei, ja, neben dem Schubkarren – sie hat meine Brille schon wieder verlegt –, und sagt, was sie oft sagt, weil es von Heine ist, den ihr Onkel Heinz so geliebt hat: *Ich weiß nicht, was soll es bedeuten …*

Das Ding, sage ich, ist mein Trampolin, auf dem wippe ich ab und zu, wenn es mich überkommt. Das Wippen auf dem Trampolin – nicht das Hüpfen oder Springen, wohlgemerkt – ist nämlich das Training der Zukunft, dazu unheimlich gesund. Wenigstens steht es so im Trampolinbuch. Wippe ich, verspricht das Buch, und zwar mit Andacht, Freude und positiven Gedanken, dann blüht mir was, nämlich fast ewiges Leben, beste Verdauung, alles in mir jauchzet und frohlocket, die Thymusdrüse, das Immunsystem, die Leber, das Herz, der Kreislauf, der Busen, der Hintern, die Beine, alles, was an mir dran und in mir drin ist. Die elastischen Bänder, an denen meine Organe aufgehängt sind, jubilieren und straffen sich, und auch mein Innenohr samt darin hausendem Gleichgewichtsorgan hat was davon. Meine beiden Gehirnhälften schalten beim Wippen auf Hochtouren und befähigen mich zu kognitiven und emotionalen Höchstleistungen, und meine Bewegungen werden von Tag zu Tag, von Wipp zu Wipp, eleganter, anmutiger, sicherer. Aber nur, so das Buch mit mahnend erhobenem Finger, bei regelmäßigem Wippen.

Wippst du regelmäßig? fragt Jacqueline.

Jeden Tag. Wenn ich es nicht, wie meistens, vergesse.

Da ist aber noch was drauf, sagt sie, und nachdem ich meine Brille im Topf mit der blaublühenden Bleiwurz gefunden habe, sage ich, das sei kein Etwas, sondern ein Jemand, nämlich Wipp, und Wipp sei ein Kater.

Jacqueline findet den Namen très amusant, très court und von großer Sportlichkeit.

So hab ich ihn getauft. Er gehörte einem Nachbarn, aber da dieser unwissende Mann kein lebensverlängerndes Trampolin besaß, verbrachte Wipp viel Zeit bei mir. Auch weil er scharf war auf meine Katzengutsel, die ich immer vorrätig halte. Als ich zum ersten Mal in seiner Gegenwart wippte, ging er rückwärts und in Deckung und betrachtete mich fassungslos aus sicherer Entfernung. Nach einiger Zeit näherte er sich vorsichtig, umschlich, noch voll Argwohn, das Trampolin, und irgendwann duldete er es, dass ich ihn auf den Arm nahm und mit ihm wippte. Und dann war's um ihn geschehen; Wipp, der eigentlich Charly heißt, ward zum leidenschaftlichen, geradezu süchtigen Wipper. Dass Katzen wippen, hatte ich bisher in keinem meiner zahlreichen klugen Katzenbücher gelesen. Ich gebe den Verfassern künftiger Katzenbücher diese Erfahrung weiter: Wer seine Katz liebt, wippt mit ihr. Was beiden zum Segen gereicht.

Wipp wippte aber beileibe nicht solo, das traute er sich doch nicht, er wippte nur auf meinem Arm. Ich tat nicht wild, blieb immer schön auf der Matte und machte keine Sprünge, ich wippte ganz leicht, behutsam, rhythmisch und voll positiver Gedanken, wie es das Buch von mir verlangte. Ob auch Wipp von positiven Gedanken bewegt war, verriet er mir nicht, denn er wippte zwar mit, aber er war ausgesprochen maulfaul und sprach nicht mit mir, wie es andere

Katzen tun. Doch er fühlte sich sichtlich wohl auf meinem Arm, er schnurrte euphorisch, trapste mit den Pfoten und zog hingebungsvoll Fäden aus meinem Pullover. Ob meine Aura durch die Wipperei gereinigt wurde und, wie versprochen, nun in neuem Glanz erstrahlt, weiß ich nicht. Niemand hat bisher gesagt: Deine Aura, meine Liebe, also wirklich, wie die jetzt leuchtet, der reinste Regenbogen, früher war die ja so was von mickrig. Aber wenn das kluge Buch es verspricht, wird schon was dran sein. Dass Wipps Aura nach der Wipperei mehr strahlte als zuvor, konnte ich auch nicht sagen, mit den Auren von Katzen kenn ich mich noch weniger aus als mit der meinen, aber –

Es gebe, wie jeder Mensch von etlicher Vernünftigkeit wisse, mehr Dinge zwischen Himmel und Erde, als wir in der Schule mitkriegten, belehrt mich Jacqueline.

Leider ist Wipp kurz darauf unter die Räder gekommen, sage ich, weshalb es mich ungemein freut, ihn in dieser Blauen Stunde wiederzusehen, wie er anmutig zusammengekringelt auf meinem Trampolin liegt und – er hat in den ewigen Jagdgründen offenbar gelernt, auch ohne Begleitung zu wippen – mit seinem Hintern die Matte in leichte Schwingungen versetzt, ein sanftes rhythmisches Auf – und Ab – und Auf – und Ab … Gut wipp, Wipp!

Jacqueline nickt, sagt freundlich: *Wo, bitte, ist der Ungeheuer Wiese?* Und gibt sich selbst die Antwort: Auf dem Wipp-Trampolin.

Dann ist auf einmal diese rosenquarzfarbene Katze da. Sie sitzt reglos auf einem der efeuumrankten Gartenpfosten, sieht unverwandt in den fast schon abendlichen Himmel und erinnert Jacqueline an eine

Figur, die Bastet darstellte, die ägyptische Katzengöttin, mit der sie vor Zeiten im Museum in Kairo gelegentlich geplaudert habe.

Sie ist eine Göttin, sage ich, aber keine ägyptische. Ich kenne sie, wie die ewige Katze, von Kindesbeinen an und hab sie nicht mehr gesehen, seit ich auf Erwachsenenbeinen durchs Leben gehe. Sie saß immer am frühen Morgen auf unserem Gartentörchen und starrte in höchster Konzentration nach Osten. Was machst du denn? fragte ich, und sie sagte, ohne sich zu mir umzudrehen, ich möge den Mund halten und nicht stören, sie habe zu tun. Sie helfe der Sonne beim Aufgehen. Aber die gehe doch jeden Morgen auf, sagte ich, und ganz von selber. Das sehe nur so aus, sagte sie von oben herab, immer die Stelle fixierend, wo der Himmel sich schon rosa färbte. Ohne katzliche Hilfe schaffe die Sonne es nicht, übern Berg zu kommen. Menschen seien dazu völlig ungeeignet. Und deshalb hockten in allen Ländern der Welt und zu allen Zeiten auserwählte Katzen zur Stunde des Sonnenaufgangs auf einem Pfosten, auch

heute noch, wie ich an ihr sehen könne, auf einer Mauer, einem Baum, einem Hausdach, auf der Spitze eines Iglus, eines Tempels, einer Pyramide, und guckten die Sonne aus der Nacht. Was eine sehr anstrengende, kräftezehrende Sache sei, ein Schüsselchen Milch wäre vielleicht nicht schlecht.

Ich rannte in die Küche, füllte eins und stellte es unter den Pfosten.

Die Sonne war inzwischen aufgegangen.

Die Katze sprang elegant herunter, schlabberte unelegant ihre Milch und schleckte sich hinterher ausgiebig die rosafarbenen Pfoten.

So ging das nun jeden Morgen; aber weil ich nicht immer früh aus dem Bett kam, kriegte sie ihre Milch auch nach getaner Arbeit, wenn die Sonne schon längst am Himmel stand, und ich hatte auf diese Weise einen nicht geringen Anteil am Aufgehen der Sonne. Etwas von dem Glanz, der die Katze umgab, fiel so auch auf mich. Und als meine Großmutter einmal fragte, was ich heute gemacht hätte, sagte ich stolz: der Katze beim Sonnenaufgang geholfen. Kann aber auch sein, ich sagte, die Katze sei diejenige gewesen, die mir dabei mit hilfreicher Pfote zur Seite gestanden habe. Was meine Großmutter mir ebenso abnahm wie ich ihr die Geschichten vom seligen Joseph.

Wie sie denn heiße, die Katze, fragt Jacqueline.

Mein Vater sagte, ihr Name sei Eos, sie sei eine Göttin, und wir könnten uns geehrt fühlen. Ich sehe mich noch heute auf dem Bauch liegen und ihr beim Schlabbern zuschauen, manchmal nahm ich auch an ihrem Frühstück teil, woran meine Mutter sich mehr stieß als die Göttin, weshalb sie es mir streng untersagte. Seither hab ich nie mehr im Leben mit einer Göttin aus dem gleichen Schüsselchen Milch geschlabbert. Du vielleicht?

Wenn sie aus einer Schüssel mit einer Göttin trinke, sagt Jacqueline, dann bitte Nektar und Ambrosia, noch lieber guten Rioja.

Als ich ein paar Jahre später begann, die Sagen des klassischen Altertums zu lesen – doch was heißt schon lesen, ich lebte in der heiligen Troja und in den zyklopischen Mauern von Mykene, segelte mit Odysseus über das von Poseidons Dreizack aufgewühlte Meer und war dabei, als Perseus sich an Ariadnes rotem Faden aus dem Labyrinth hinaushangelte, ich spürte den stinkenden Atem des Minotaurus in meinem Nacken –, als ich eintauchte in die Welt der griechischen Götter und Helden, wusste ich, warum mein Vater die Katze Eos genannt hatte, nämlich nach der am Horizont aufsteigenden rosenfingrigen Göttin der Morgenröte. Hast du übrigens, frage ich, in einer der klassischen Sagen jemals eine Katze angetroffen?

Nein, sagt Jacqueline, natürlich nicht, Katzen seien große Liebhaber von Ruhe und Ordnung und große Hasser lärmiger Geschichten, aus denen sie ganz schnell Reißaus genommen hätten. Das Dauergeklirr der Schwerter, die wüsten Schimpfereien der Helden vor dem Schlachten, das Scheppern der Rüstungen seien für ein zartes Katzenohr von ebensoviel Unverträglichkeit gewesen wie für heutige Katzen Staubsauger und Rasenmäher.

Dann fragt sie, was aus Eos geworden sei.

Keine Ahnung, sage ich, irgendwann ist sie ausgeblieben, aber die Sonne ist trotzdem aufgegangen, an diesem Tag und an allen folgenden, was natürlich den vielen anderen Katzen zu verdanken ist, die pflichtbewusst ihre Arbeit tun.

Vielleicht sei Eos allmählich voll geworden von Sonnenüberdruss, sagt Jacqueline, und habe sich womöglich dem Mond zugewendet. Was sicher weniger Kräfte verzehre, weil dieser als Sichel-, Halb- oder Neumond ja eher ein Leichtgewicht und deshalb viel besser hinter Wolken und Bergen hervorzugucken sei. Vermutlich heiße sie jetzt Luna, und – sie legt die Hand hinters Ohr – da maunze jemand.

Der Maunzer hockt in der Nähe des Vogelbads und hofft offenbar auf Badegäste, aber da kann er lange warten, meine Vögel baden immer nur morgens.

Auch eine Göttin, fragt Jacqueline, oder ein Gott? Er – oder sie – hat jedenfalls einen beachtenswerten Schnurrbart.

Weder noch, sage ich. Das ist, wenn ich recht sehe, Professor Einstein.

Von dem habe sie aber eine andere Vorstellung, meint Jacqueline, doch wenn Francesca da Riminis Seele in einer Katze Verkörperung finden könne, warum dann nicht die von Einstein in einem Kater?

Das ist nicht der sich in einem Kater aufhaltende weltberühmte Physiker und Denker Albert Einstein, sage ich, sondern der Kater eines Freundes von Albert Einstein, den dieser Freund »Professor Einstein« getauft hat, wenn du verstehst.

Jacqueline versteht nicht, aber sie wirft Professor Einstein eine Kusshand hin. Der zwickt die Augen zu und maunzt geschmeichelt zurück.

Dieser Kater, sage ich, ist nämlich mal in einem Boot gefahren und abgesoffen. Aber nicht ganz. Der schon erwähnte, mit Einstein befreundete Mensch hat ihn am Kragen gepackt, aus dem Wasser gezogen, mit nach Hause genommen und »Professor Einstein« getauft.

Bestimmt seines wilden einsteinischen Schnauzbarts wegen, vermutet Jacqueline und meint, da müsse man sich doch fragen, wer von wem den Schnauzer abgeguckt habe, der Mensch vom Kater oder der Kater vom Menschen. Was hat der Professor Einstein dazu gesagt?

Ich nehme an, er war heilfroh, nicht ersoffen zu sein.

Der Maunzer am Vogelbad stellt zur Bestätigung meiner Vermutung den Schwanz steil aufrecht. Jacqueline meint aber den anderen, nicht beinahe ersoffenen Albert Einstein, der doch, bei seiner Intelligenz, ganz bestimmt auch ein Professor gewesen sei.

Der hat gesagt, er fühle sich sehr geehrt, dass der Kater nach ihm benannt worden sei. Sein eigener, also der einsteinsche Kater – ich meine, der Kater des Professors –, hat es nicht bis zum Professor geschafft, sondern nur zu ein paar Streifen, weshalb er einfach nur »Tiger« heißt. Dieser Tiger heulte jedes Mal, dass Gott erbarm', wenn Einstein mit Lina spielte.

Mensch ärgere Dich nicht?

Eine Violinsonate von Mozart. Lina ist nämlich eine Geige.

Jacqueline, die schon wieder nicht ganz mitgekommen ist und die beiden Einsteins ständig durcheinanderwirft, findet einen Geige spielenden Kater extraordinaire, so einen gebe es selten, auch in Frankreich, und fragt, warum ich die Augen verdrehte.

Der geigespielende Professor Einstein, sage ich, war nicht der beinahe ersoffene Kater Professor Einstein, der konnte als Kater kein bisschen Geige spielen, sondern der Nichtkater, Mensch, Physiker, Nobelpreisträger und Erfinder der Relativitätstheorie Professor Albert Einstein.

Auch recht, sagt Jacqueline. Hast du ihn mal gehört, als er auf Lina herumgegeigt hat?

Dazu hatte ich keine Gelegenheit. Ich hab's gelesen. Steht in jeder Biographie.

Aber warum hat Tiger so bitterlich geheult?

Wahrscheinlich hat es ihm nicht gefallen.

Vielleicht war er ein Tiger mit viel Musikalität, vermutet Jacqueline, und sein Fell hat sich gesträubt, wenn der Professor einen falschen Ton gegeigt hat, oder er hatte eine Allergie gegen Violinen, und ein Piano, eine Harfe oder eine Blockflöte hätte ihn glücklicher gemacht. Wie die beiden Löwentiger oder Tigerlöwen in diesem wunderwilden Urwald, den Monsieur Henri Rousseau gemalt hat.

Professor Einstein scheint inzwischen der Appetit auf Vögel vergangen zu sein, er gesellt sich Montaigne zu, für einen längeren Gedankenaustausch unter Geistesriesen, und Jacqueline deutet auf den großen Stein unterm Holunder. Die Katze, die sich dort niedergelassen hat, wirkt, man sieht's an ihrer Haltung, den nebeneinandergestellten Vorderpforten und dem missmutigen Buckel, unzufrieden oder, wie Jacqueline findet, ganz umflort. Ob ihr was fehle?

Der fehlt, sage ich, ihre andere Hälfte.

Hat sie ihren Kater verloren?

Nein, das nicht.

Aber sie ist doch ganz, und kein bisschen hälftig. Was ist ihr zugetroffen?

Etwas Furchtbares. Es war eine Tragödie

von geradezu antikem Ausmaß, ich weiß nicht, ob ich dir die Geschichte zumuten kann.

Das kannst du getrost, sagt Jacqueline, nur her mit der tragischen Wahrheit, und wenn's gelogen ist, umso besser. Ich liebe Tragödien, die sind oft très amusant. Und ich heule so gern.

Sie sucht schon mal nach einem Taschentuch.

Gut. Aber ich habe dich gewarnt. Die Sache ist vor etwa einem Jahr passiert. Diese Katze – es war nicht meine Katze, sondern eine, wie sie erklärte, freie, unabhängige Katze, die niemandem gehöre – liebte es, auf das Dach meines Autos zu springen und sich dort niederzulassen. Wie an diesem Tag im wunderschönen Monat Mai.

Von dort oben hatte sie den Überblick über alles, außerdem war es angenehm warm, und der Hund des Nachbarn kam nicht an sie heran. Sie sprang also aufs Dach, ruckelte sich zurecht, wollte den Schwanz um sich herumlegen – legte ihn nicht um sich herum – legte dafür die Ohren flach an – die Schwanzspitze zuckte – die Katz erstarrte.

Ist was? fragte ich.

Leg ich ihn rechts- oder linksrum? fragte sie.

Wie bitte?

Na, den Schwanz.

Ist doch egal.

Sie erklärte, es sei keineswegs egal.

Dann frag ihn doch.

Er äußere sich nicht dazu.

Ich empfahl ihr, um Schwierigkeiten zu vermeiden, ihn gerade nach hinten zu legen.

Sie probierte es, aber, sagte sie, es sei ein ungutes, irgendwie falsches Schwanzgefühl und sehr irritierend.

Dann setz dich drauf.

Sie tat's, aber das Schwanzgefühl wurde

noch irritierender und war geradezu unaushaltbar ungut.

Und wenn du ihn einfach steil nach oben richtest – wie wenn du dich freust?

Der Schwanz weigerte sich, steil nach oben zu ragen und sich zu freuen.

Frag doch deine innere Stimme.

Die innere Stimme hüllte sich in Schweigen.

Frag den großen Katzengott.

Kein Katzengott nahm ihr die Entscheidung ab. Wie Götter nun mal sind.

Es ist dein Schwanz, meine Liebe. Du musst dich schon selbst entscheiden. Ich misch mich da nicht mehr ein.

Früher, sagte sie verstört, während der Schwanz unschlüssig hin- und herpeitschte, ist es immer gegangen, da hab ich ihn rechts- oder linksrum gelegt, und der Schwanz war's zufrieden. Jetzt muss ich plötzlich nachdenken. Und dann geht es nicht mehr von selber.

So sei das nun mal, sagte ich. Das habe mit der Bewusstwerdung zu tun, die mache alles furchtbar kompliziert. Kleist habe darüber in seinem berühmten Aufsatz vom

›Marionettentheater‹ schon das Nötige gesagt. Ich könne es ihr ja gelegentlich vorlesen.

Der Katze war Kleist egal. Sie hockte ganz unglücklich auf dem Autodach. Nein, »unglücklich« trifft es nicht, sie steckte in einer Krise, der schwersten ihres bisherigen Katzenlebens. Was ihr jeder nachfühlen wird, der schon mal in einer ähnlichen Situation war, auch wenn es nicht das Schwanzumsichherumlegen betroffen hat, sondern was anderes: Geh ich nach rechts oder doch lieber nach links? Hinauf oder hinunter? Hinein oder hinaus? Tu ich's oder lass ich's?

Jacqueline kann es nachfühlen, eine wirklich schwierige Entscheidung, sagt sie, so sei es auch ihr mal gegangen, als sie, allerdings nicht auf einem Autodach, zwischen zwei Männern herumgeschwankt sei.

Ja, sage ich, manchmal verlangt das Leben viel von einem, auch von einer Katze. Ihre arme Seele litt. Das Leiden schwoll an wie ein Luftballon, in den einer hineinbläst. Es wurde immer größer, stärker, unaushaltbarer. Und dann –

Jacqueline hält den Atem an.

– dann passierte es. Es hat nicht nur ihr Herz zerrissen, sondern die ganze Katze.

Mais non!

Mais si. Nie werde ich das Geräusch vergessen, es war, als ob eine Schere in einen Stoff hineinschnitte, eine Hand den Stoff packte und auseinanderrisse. Zur Rechten sah man wie zur Linken eine halbe Katze heruntersinken, wie der Dichter Ludwig Uhland es so anschaulich ausdrückt. Nur, dass bei ihm die Katze ein Türke ist und das Auto ein Pferd.

Verstehe, sagt Jacqueline verwirrt, der Türke ist eine Katze.

Ein schwäbischer Ritter, erkläre ich, den es im Gefolge Kaiser Rotbarts lobesam ins Heilge Land gezogen hat, halbiert mit dem Säbel einen Muselman, was man heute nicht mehr sagen darf, weshalb das Gedicht, wie die meisten Gedichte, aus dem Lehrplan unserer Schulen hinausgeworfen wurde. Es stehe der Integration unserer türkischen Mitbürger im Wege, die tödlich beleidigt wären, wenn sie spitzkriegten, dass einer der ihren mal, auch wenn es schon gut tausend Jahre her ist, von einem wackren Schwaben halbiert wurde.

War es schmerzlich? fragt Jacqueline.

Für den Muselman?

Für die Katze.

Die sagte, es habe nur ein bisschen gezogen. Und dann haben sie's gemacht wie der Besen in der Ballade vom ›Zauberlehrling‹.

Von Monsieur Uhland?

Von Monsieur Goethe. Kaum war der Besen durchgehauen, standen die beiden Teile auf und rannten davon, jeder als ein vollständiger Besen. Nachdem die zwei Katzenhälften vom Autodach heruntergepurzelt waren, rappelten sie sich auf und standen sich runderneuert gegenüber, jede als vollständige ganze Katze. Die beiden starrten sich an, sie fauchten, schlenkerten die Pfoten, dann rannten sie in verschiedene Richtungen davon.

Aber welche von den beiden sitzt nun auf diesem Felsen?

Siehst du doch. Die mit dem linksherum gelegten Schwanz.

Die andere, vermutet Jacqueline, sitzt vielleicht auch gerade auf einem Felsen, mit rechtsherumgelegtem Schwanz. Und denkt an die, mit der sie mal inniglich verbunden war.

Vielleicht ist sie auch heilfroh, dass sie die andere los ist, sage ich. Aber was ist das? Ich deute auf mein Kräuterbeet, auf dem ein paar dunkle Flecken aus dem tiefer werdenden Blau der Blauen Stunde auftauchen.

Das sei ihre Heilige Familie, sagt Jacqueline erfreut, die sei wie Francesca auch hierhergekommen, weil sie nicht allein zuhause auf ihrem Skizzenblock habe bleiben wollen. Die Mama sei eines Morgens vor ihrer Tür gesessen, mit dickem Bauch, und habe ihr mitgeteilt, sie sei voll guter Hoffnung und suche ein gemütliches Plätzchen, ob vielleicht was frei wäre. Da sie, Jacqueline, damals auch gerade hoffnungsvoll mit einem dicken Bauch herumgelaufen sei, habe sie solidarisch was frei gehabt. Es sei eine sehr höfliche Katze gewesen, mit ausgezeichneten Manieren und großem Appetit. Nur zur Schwangerschaftsgymnastik habe sie nicht mitkommen wollen. Die Kätzchen, an denen sie – die Katzenmama – nicht gespart habe, erblickten eine Woche vor ihrer Tochter Ying im Kleiderschrank das Licht der Welt, vielmehr sie erblickten es noch nicht, denn Katzenkinder öffnen ihre Augen erst nach etwa einem Monat.

Sie habe immer wieder ihre – trotz alleinerziehender Mutter, väterlichkäterlicher Abwesenheit und mangelnder Heiligkeit der Kinderschar – »Heilige Familie« gezeichnet, die sich ja in diesen Punkten kein bisschen von einer heutigen Menschenfamilie unterschied. Von unzerkratzten Möbeln, Tischdecken ohne herausgerissene Fäden und fleckenlosen Teppichen halte sie ohnehin nicht viel, sagt Jacqueline, und das Fleißige Lieschen habe es, obwohl schwer mitgenommen, überlebt. Am wildesten sei der kleine Kerl gewesen, der gerade im Thymian herumpurzelbaume und sich die Pfote schlecke, und den sie Leo genannt habe.

Das Zusammensein mit ihrer Heiligen Familie habe ihr ein gelasseneres Verhältnis zu den Schätzen beschert, die ohnehin von Rost und Motten aufgefressen würden und von denen sie ja gottlob nur sehr wenige besitze. Die Wolle, aus der sie Babykleidchen stricken wollte, habe die Katzenmama, die Babykleider für völlig unnütz hielt, anderen, sinnvolleren Zwecken zugeführt.

Als ich mich nach dem weiteren Schicksal der Katzenfamilie erkundige, sagt Jacqueline, ein Pfarrer, des zölibatären Lebens müde geworden und daher eigentlich gar kein Pfarrer mehr, sei mit seiner charmanten Haushälterin, die in Wahrheit wohl ein lockenumrieselter Botticelli-Engel gewesen sei und auch einen netten runden Bauch gehabt habe, aufs Land gezogen, habe die ganze heilige Bagage eingepackt und mitgenommen.

Glaubst du, er hat die Kleinen getauft?

Das, sagt sie, wäre nichtsnutzig gewesen, sie waren von Geburt an richtige gebratene kleine Teufel.

Es wird kühler, ich hole eine Decke aus dem Wohnzimmer, wickle sie um Jacquelines Füße, und wir schauen den kleinen gebratenen Teufeln zu, wie sie sich anspringen und wilde Ringkämpfe aufführen …

Du siehst auf einmal so vergrübelt aus, sage ich nach einer Weile zu Jacqueline. Ist was?

Sie begrüble, sagt sie, tatsächlich eine Sache von großer Wichtigkeit. Glaubst du, die Katze mit dem Linksherumschwanz legt ihn immer links herum?

Aber sicher, sie kann nicht anders.

Und die mit dem Rechtsherumschwanz?

Die kann auch nicht anders.

Nach weiterem Begrübeln meint sie: Aber was passiert, wenn beide doch anders können und ihren Schwanz mal auf die falsche Seite legen? Oder beide gleichzeitig auf dieselbe Seite?

Das habe womöglich ungeheure Folgen, sage ich ernst. Wenn nach der Chaostheorie schon der Flügelschlag eines Schmetterlings im brasilianischen Urwald bei uns ein Erdbeben auslösen könne, eine Flutwelle, einen Vulkanausbruch, dann sei ein falsch um eine Katze herumgelegter Schwanz sogar imstande, die Planeten aus ihrer Bahn zu werfen. Und dann gut' Nacht!

Davon müsse man den beiden Katzen unbedingt Mitteilung machen, meint sie besorgt. Damit sie nicht aus Versehen das ganze Sonnensystem durcheinanderbrächten und –

Ich schüttle den Kopf. Einer Katze zu sagen, sie solle etwas Bestimmtes tun oder nicht tun, sei den Mäusen gepfiffen, uns bleibe nur die Hoffnung, der große GAU werde nicht eintreten. Und wenn er einträte, könnten wir auch nichts machen, nicht mal mehr ein Apfelbäumchen pflanzen und –

Jacqueline legt mir die Hand auf den Mund. Hinter uns auf dem Fensterbrett sitze schon seit einiger Zeit jemand, sagt sie, ich solle mich mit Behutsamkeit umdrehen, um ihr keinen Schreck einzujagen.

Ich drehe mich mit Behutsamkeit um. Die Katze hebt den Kopf und lauscht mit gespitzen Ohren in die Dämmerung.

Das ist die Katze mit Tutehorn, sage ich.

Jacqueline findet eine tutehornspielende Katze ungewöhnlich, aber sympathisch.

Nicht die Katze habe das Tutehorn gespielt, sage ich, und ihre Geschichte habe mich verwirrt und lange nicht losgelassen.

Jacqueline, mit großer Vorliebe nicht nur für Tragödien, sondern auch für verwirrende und einen nicht loslassende Geschichten, sieht mich erwartungsvoll an.

Das war so, sage ich. Ich saß im Zimmer und las, da spürte ich einen Blick und hob den Kopf. Sie hockte außen auf dem Fensterbrett – das Fenster war geöffnet – und sah mich an.

Hinter ihr dehnte sich eine herbe Landschaft, weite Wiesen in dunklem Grün, braune Äcker. Ein schmaler gewundener Weg, gesäumt von ein paar Birken, verlor sich in der Ferne, eine grasende Ziege war auch da. Die stille Landschaft, der weite Himmel, die Wolken erinnerten mich an die Bilder einer von mir geliebten Malerin.

Die liebe ich auch, sagt Jaqueline, sie führt einen sehr groben Pinsel, der recht unsanfte, aber ganz und gar wunderbare Bilder malt. Wir haben uns erst vor kurzem trefflich miteinander unterhalten. Paula trug Rosen im Haar, um den Hals eine Bernsteinkette, und unter der Bernsteinkette trug sie nichts.

Es hat dich nicht gestört, dass sie seit hundert Jahren tot ist?

Pas du tout, sagt Jacqueline. Wenn eine Frau dich anlächelt, mit einer schönen nackten Brust und Rosen im Haar, kann man ihr doch nicht sagen, sie sei tot. Über solche Kleinigkeiten sieht man hinweg. Erzähl weiter!

Ich wunderte mich, erzähle ich weiter, denn vorher hatte ich, beim Blick aus dem Fenster, weder Wiesen noch Wolken gesehen, nur das Nachbarhaus mit der Satellitenschüssel auf dem Dach. Es war keine gepflegte, feine Katze, eher eine Bauernkatze mit dunklen Flecken auf dem struppigen schmutzigweißen Fell. Ihr Blick hatte etwas Schüchternes, Fragendes, Bittendes.

Sie war wohl hungrig, sagt Jacqueline.

Hast du Hunger, Katze? hab ich gefragt.

Hast du das Mädchen gesehen? fragte die Katze.

Welches Mädchen?

Das Mädchen mit dem Tutehorn.

Was ist ein Tutehorn, Katze?

So ein langes Ding, in das man hineinbläst.

So etwas hab ich hier noch nie gesehen, sagte ich.

Ich bin unterwegs, sagte die Katze. Schon sehr lange. Dein Fenster war offen. Und ich hab gedacht, ich frag mal. Ich frag immer, wenn ich ein offenes Fenster seh. Ich will die Töne wieder hören, die herausgekommen sind aus dem Tutehorn.

Du hast sie schon mal gehört?

Ich wohne in einem Bauernhof, sagte sie. Dort ist auch ein Kind. Wir laufen oft im Wald herum und spielen Verstecken. Das Kind hat sich an einen Baum gelehnt –

Der Baum war eine Birke, sagt Jacqueline, das Kind hat die Katze auf den Arm genommen, ich kenn das Bild, ich seh es deutlich vor mir, es ist so ein schönes Bild voll Melancholie.

Ich glaube, das Kind war traurig, sagte die Katze. Es hat mich fest an sich gedrückt und gestreichelt. Dann hab ich das Tutehorn gehört. Erst war es weit weg, dann ist es immer näher gekommen. Und dann hab ich es gesehen.

Was hast du gesehen, Katze? fragte ich.

Das Mädchen mit dem Tutehorn. Es hat ein dunkles Kleid angehabt, und sein Haar war ganz hell und hat geleuchtet. Es ist durch den Wald gekommen und hat die Arme vorgestreckt und ins Tutehorn geblasen. Es ist an uns vorbeigegangen, hat nicht hergesehen, hat immer nur ins Tutehorn geblasen, wie wenn es zu nichts anderem da sei, die Töne sind immer leiser geworden, und dann waren sie weg, das Mädchen, das Tutehorn und die Töne. Ich bin vom Arm hinuntergesprungen und ihnen nachgerannt. Seither lauf ich mir die Pfoten wund nach den Tönen aus dem Tutehorn.

Aber das Kind, das dich gestreichelt hat, ist nun traurig, Katze.

Ich hab ihnen trotzdem nachlaufen müssen.

Was war denn so besonders daran?

Sie waren nichts Besonderes, sagte die Katze. Sie waren für mich. Und nun such ich sie. Wenn ein Fenster offensteht, spring ich hinauf und frage. Es könnte ja sein, dass – sie sah mich ernst und traurig und hoffnungsvoll an.

Komm rein, Katze, sagte ich, ich hab eine Suppe gekocht, du siehst hungrig aus, es ist auch etwas Hühnerfleisch drin, nachher setzt du dich auf meinen Schoß, ich streichle dich, du bleibst bei mir, vergisst das Tutehorn, und alles wird gut.

Nein. Das Tutehorn vergess ich nicht. Die Katze wandte sich um auf dem Fensterbrett, sprang hinunter, und ich sah ihr nach, wie sie auf dem schmalen Weg in diese weite einsame Landschaft hineinlief, vorbei an den Birken, deren Stämme weiß leuchten, an der Ziege, die den Kopf nicht hob, und immer kleiner wurde.

Und dann? fragt Jacqueline.

Hab ich mir die Landschaft aus den Augen gerieben, ich hab wieder, wie zuvor, das Nachbarhaus mit der Satellitenschüssel auf dem Dach gesehen, und seither geht die Katze mir im Kopf herum, und ich frage mich, ob sie die Melodie wiedergefunden hat, die aus dem Tutehorn.

Und deine Melodie? fragt Jacqueline. Hast du dir nach deiner Melodie die Pfoten wundgelaufen, wie die Katze nach der ihren?

Nein.

Warum nicht?

Weil ich sie noch nicht gehört habe.

Nach einer Weile sagt Jacqueline: Ich glaube, sie hat ihre Melodie gefunden.

Die Katze?

Die Malerin. Wer ist das? Sie zeigt auf den alten Sack neben meinem Korbsessel, auf dem nun ein schwarzer Kater liegt. Er hat einen dicken Kopf und schöne goldfarbene Augen.

Das ist Omas Balthasar, sage ich, und zu ihm: Ich freu mich so, dass du da bist, mein Alter! Balthasar hebt den Kopf und schaut mich innig an, wie er mich früher angeschaut hat, wenn ich ihn hinter den Ohren kraulte. Er sei ein Kater mit ruhmvoller Vergangenheit, wie die Welt noch keinen gesehen habe, erkläre ich, und weil Jacqueline wissen will, was denn das Einzigartige an ihm sei, wo er doch daliege wie fünf Pfund Lumpen, erzähle ich es ihr.

Meine Großmutter pflegte nach dem Lösen des Kreuzworträtsels gern einzunicken, und dann kam Balthasars Stunde. Der ist nämlich – aber das weiß nur ich – in Wahrheit ist er – ich halte inne, um Jacqueline auf die Folter zu spannen –, in Wahrheit ist er – der Gestiefelte Kater.

Mon Dieu, sagt Jacqueline, der aus dem Märchen, den tout le monde kennt und bewundert?

Ja. Er hat es mir damals selbst anvertraut, und ich musste ihm mein Ehrenwort geben, sein Inkognito nicht zu lüften. Er schätzte das geruhsame Leben und legte keinen Wert darauf, im Licht der Öffentlichkeit zu stehen.

Aber bist du sicher –?

An Balthasars Aufrichtigkeit zu zweifeln war ebenso unmöglich wie an der meiner Großmutter.

Als ich zuletzt von ihm gehört habe, sagt Jacqueline, wohnte der Gestiefelte Kater auf einem Château, lebte in Saus und Braus, war Erster Minister und vollgehängt mit Orden.

Er hatte, wie er mir anvertraute, die Nase voll von Saus und Braus und vom Regieren. Das sei allmählich ausgeartet in elende Plackerei. Eine Zumutung für einen Kater, der doch dafür geschaffen sei, sinnend und spinnend auf der faulen Haut zu liegen, den Gang der Geschichte zu beobachten und dem Menschen das beglückende Gefühl zu geben, er dürfe sein Leben so angenehm wie möglich gestalten.

Das Leben des Menschen? fragt Jacqueline.

Er meinte natürlich das Leben des Katers. Deshalb ist er einfach abgehauen.

Aber seine Stiefel –

Die hat er an den Nagel gehängt. Der aufrechte Gang ist ja ganz schön anstrengend und außerdem eines Katers unwürdig. Nach langer Wanderschaft kehrte er eines Tages bei meiner Großmutter ein und weigerte sich nicht, als sie ihn anflehte, bei ihr zu bleiben und sich ihrer Fürsorge anzuvertrauen.

Balthasar, sagt Jacqueline, heißt doch ein Heiligerdreikönig.

Ja, sie hat ihn nach dem schwarzen genannt. Als sich aber herausstellte, der schwarze König habe leider Melchior geheißen, und meine Mutter behauptete, König Balthasar hätte, wär er denn ein Kater gewesen, höchstwahrscheinlich ein rotes Fell gehabt – der Balthasar unserer Weihnachtskrippe trug einen prächtigen roten Königsmantel –, weigerte Omas Balthasar sich, Farbe und Namen zu wechseln, und blieb für den Rest seines Katerlebens schwarz und Balthasar.

Was Jacqueline bewundernswürdig findet, er sei zweifellos ein Kater mit Charakter und Rückgrat, so einen finde man nicht oft. Als ich ihr zuflüstere, vermutlich rupfe er – was auch zu seinem Charakter gehöre – im Jenseits die auf Opas Knie hockenden, Rauchkringel aufspießenden Engel, zwickt Balthasar geschmeichelt die Augen zu.

Der dort sei aber kein Kater, sage ich und deute auf den Mann, der mit übereinandergeschlagenen Beinen auf der Regentonne sitzt und den Blick nicht von meiner Katze wendet. Er hat eine hohe Stirn, und seine Haare schimmern grünlich. Der Mann sagt ein paar Worte, sehr leise, fast hingehaucht: *Versonnen nehmen sie die Haltung der großen Sphinxe ein, die ausgestreckt in tiefen Einsamkeiten ruhn und zu entschlummern scheinen in endlosem Traum …*

Jacqueline flüstert mir ins Ohr, das sei der Dichter Charles Baudelaire, auch ein geliebter Freund von ihr und, wenn sie so sagen dürfe, ein besonders edler Kater. Eines seiner Gedichte, ein zarter Wortschmetterling, habe sich erst neulich auf ihrem Zeichenblock niedergelassen.

Das haben Sie unübertrefflich ausgedrückt, Monsieur Baudelaire, sage ich, unsereinem würde so was nie einfallen. Aber fast alle besseren Dichter sind Katzenbewunderer, wie ich vorhin dem Kater, dort drüben neben der Gießkanne sitzt er, erklärte. Könnten Sie ihn nicht mal in ein Gedicht – ein ganz kleines – schon ein Haiku würde genügen – er wäre so dankbar. Die Dichter haben den Blick für das Schöne und finden auch gleich noch die passenden Worte dafür, und Sie, Monsieur, sind zweifellos einer der besten, wenn nicht sogar –

Der Dichter lächelt uneitel und findet das auch. Meine Katze setzt sich in Positur und zeigt ihm ihre Schokoladenseite, dort ist ihr rotes Fell besonders hübsch gezeichnet. Sie wird gern bedichtet; ich habe ihr schon so manche auf sie gemünzte Stelle aus so manchem dichterischen Werk vorgelesen.

Haben Sie noch was auf Lager, Monsieur? frage ich. Meine Katze lechzt nach solchen Versen, von mir hört sie eher Prosa.

Bien sûr, sagt der Poet erfreut, schließt die Augen, dann sagt er ebenso leise wie zuvor: *So seh ich mit Erstaunen das Feuer ihrer bleichen Augensterne – Leuchtzeichen, lebende Opale –, die mich anschaun unverwandt.*

Wenn der die Augen zumacht, hör ich meine Katze sagen, sieht er aber nix.

Er guckt mit seinen inneren Augen, flüstere ich ihr zu, wie die meisten guten Dichter.

Mehr! fordert meine Katze gierig. Das streichelt einen so, und dann kribbelt's überall.

Monsieur Baudelaire lässt sich nicht lange bitten. Heute ist er gut drauf. Er wird deutlicher: *Komm, meine schöne Katze, an mein verliebtes Herz!*

Die so Angebetete erhebt sich, macht eine ganz lange Pfote, streckt sich und tänzelt durch den Garten. Beschnuppert ausführlich den Salbei, den Rosmarin, verharrt, wie sie das gern tut, weil es so gut aussieht, mit schiefgelegtem Kopf vor einer Rose, geht dann mit wiegenden Schritten auf ihn zu, nicht zu schnell, damit er nicht meint, sie gehorche ihm. Es soll wirken, als komme sie aus freien Stücken.

Der Dichter beugt das Knie, nimmt sie auf den Arm: *Zieh nur die Krallen deiner Tatze ein und lass mich tief in deine schönen Augen tauchen, in deren Glanz Metall sich und Achat vermischen.*

So steht er da, die Katz im Arm, und taucht in ihre Augen tief. Sie schmiegt sich an ihn, ich höre ihr verzücktes Geschnurr, in das nun auch der Dichter einstimmt. Sie schnurren ein Duett. Der Dichter auf Französisch, die Katz auf Katzisch.

Ein Liebesduett.

Ungemein innig.

Verteufelt erotisch, sagt Jacqueline bewundernd. Ganz wie Leo.

Reich mir die Pfot', mein Leben, schnurrt der Verführer mit warmem, samtenem Bariton. Komm auf mein Schloss mit mir!

Kaum kann ich widerstreben, schnurrt sie, gurrt sie und drückt die Nase in des Dichters Halsgrube. Langsam gleitet seine schmale Hand über ihren Rücken – so genau kann ich des Dichters Hand ja nicht sehen, aber ich bin dafür, dass alle zartbesaiteten Dichter schmale edle Hände haben, Dichter mit Wurstfingern verbieten sich von selbst. Schnurren. Gurren. Streicheln. Nase. Hals. Es sieht so intim aus, dass ich's fast nicht mit ansehn kann. An der Schnauze meiner Katze hängt ein kleiner Tropfen, der hängt immer dort, wenn sie zärtlich gestimmt ist. Ein zärtlicher Sabbertropf. Auf dem Seidenhemd des Dichters wächst ein dunkler feuchter Fleck. Ein Liebes-Sabberfleck.

Geschieht dir recht, denke ich. Schluss mit dem Süßholzgeraspel, es ist meine Katze, Monsieur!

Die Blaue Stunde sieht das auch so, sie kommt mir zu Hilf, legt Don Giovanni die Hand auf die Schulter, der zuckt zusammen, meine samtpfotige, spitzohrige, rosaschnäuzige Zerlina springt von des Verführers Arm, verschwindet im Jasmin, und Charles Baudelaire, Liebhaber von Katzen und Bedichter ihrer wilden und sanften Schönheit, hat das Nachsehen. Und einen Fleck im Hemd.

Jetzt kommt er bald, sage ich zu Jacqueline, und sie fragt, ob ich denn noch bei Trost sei, Monsieur Baudelaire sei doch schon da.

Der, den ich meine, sage ich, kommt nicht oft, nur unter besonderen Bedingungen, und immer zum Schluss. Als Krönung des Ganzen.

Wer kommt, und unter welchen Bedingungen?

Der Großmächtige Kater, sage ich feierlich. Wolkenlos muss es sein. Nacht muss es sein, wenigstens fast, und sternklar. Sonst bleibt er weg. Da ist er eigen.

Er braucht wohl einen großen Auftritt, vermutet Jacqueline, und dann singt sie: *So sternklar war die Nacht.* Onkel Heinz hat nicht nur Heine geliebt, sondern auch Eichendorff und Robert Schumann.

Wir warten noch ein paar Minuten, bis genug Dunkelheit, Klarheit und Stille da sind. Die Katzen haben sich irgendwohin verkrümelt, nur mein alter Balthasar, den Kopf auf den Pfoten, schnarchelt auf seinem Sack. Ich deute himmelwärts: Er kommt.

Ich seh nichts Kommendes, sagt Jacqueline.

Er kommt nicht auf einmal, sondern Stück für Stück und Stern für Stern. Ich sehe, wie er Gestalt annimmt. Immer herrlicher glühen die Augen, immer runder wölbt sich der Rücken, immer deutlicher zeigt sich der elegant geschwungene Schwanz, an dessen Spitze ein rötlicher Stern funkelt. Die Sterne ringsum rücken ehrfürchtig zusammen und machen ihm Platz.

Ein Geschenk des seligen Joseph, sage ich – da sei dieser schon seit ein paar Monaten jenseitig gewesen –, zu meinem sechsten Geburtstag. Kein Mensch außer mir habe ihn bisher sehen können.

Jetzt gehen auch Jacqueline die Augen

auf. Sie empfängt den Großen Sternenkater mit Applaus. Es fehle ihm nicht an Anmut noch an Würde, sagt sie hingerissen, er sei ein unleugbares Meisterwerk von ganz besonderer Würze, vraiment admirable.

Das finde ich sehr schön gesagt, und sehr treffend.

Sie meint, es sei charmant von meinem jenseitigen grand-père, und sie fühle sich hochgeehrt, auch ihr diesen himmlischen Anblick zu gewähren. Der Große Bär könne, im Vergleich mit dem Großmächtigen Kater, einpacken. Mein grand-père sei ein Künstler gewesen mit bewundernswürdiger Beherrschung des großen Formats, noch mehr als Michelangelo in der Sixtinischen Kapelle, der zwar mächtige Sibyllen und furchteinflößerische Propheten, ja, sogar Le bon Dieu hingekriegt habe, aber nie einen Kater.

Während wir dasitzen, versunken in den Anblick des immer großartiger aufgehenden Sternenkaters, hat sich, unbemerkt, wie immer, die Blaue Stunde aus meinem Garten geschlichen.

Wir könnten nun noch eine Zeitlang einträchtig miteinander schweigen, könnten die Stille genießen und –

Nix Stille, sagt Jacqueline, regarde les chats!

Die Katzen sind, anstatt, wie sie es sonst tun, mit der Blauen Stunde zu verschwinden, immer noch da. Vielleicht beflügelt sie Jacquelines Anwesenheit oder die des himmlischen Sternenkaters, vielleicht haben sie heute einfach Lust, über die Stränge zu schlagen, aus ihrer Rolle zu fallen, oder sie mögen es nicht, dass die Stimmung zu poetisch wird, womöglich sogar sentimental, denn Katzen sind weder sentimental noch poetisch.

Ist die Katz aus dem Haus, tanzen die Mäuse, sagt das Sprichwort, das ich so abwandle: Ist die Blaue Stunde fort, tanzen die Katzen.

Professor Einstein hat das Trampolin entdeckt und wippt temperamentvoll auf und ab, dann, mutiger geworden, hüpft er sogar, springt in die Höh und stößt dabei entzückte Laute aus.

Der Wippkater macht indessen Jacquelines Katzenmama Avancen und lässt ihre

Kleinen auf sich herumturnen; mein grauer Kartäuser springt mit einem Satz auf die Mauer, hinter der die Ewigkeit ruht – Jacquelines Bleistift springt ihm nach, während meiner sich hinter dem Sitzkissen versteckt –,

dann schaut er hinunter, schaut herüber zu uns – wir winken ihm Mut machend zu –, zögert etwas – und dann ist er weg, verschwunden in der Ewigkeit.

Die Göttin der Morgenröte hat das Statuenhafte abgeschüttelt und jagt und faucht die italienische Katzensippe um den Komposthaufen herum. Der Kater, der es in keinen Roman hineingeschafft hat, reibt den Kopf an Monsieur Baudelaires Bein, wohl in der Hoffnung, dafür in einem Gedicht Karriere zu machen. Und die vorhin noch so unergründlich wirkende ewige Katze schlägt, nachdem sie Professor Einstein geschasst hat, Purzelbäume auf dem Trampolin. Die Katze mit dem Linksherumschwanz säuft das Vogelbad leer. Francesca, Jacquelines graziöse Freundin und kaltblütige Mörderin meiner Erdbeeren, gibt uns – aber hauptsächlich dem Großmächtigen Sternenkater – eine Sondervorstellung. Sie streckt sich und reckt sich, einmal das Vorderbein, dann das Hinterbein –

schlägt, schön wild, mit den Tatzen in die Luft –

ist ganz kämpferische Amazone –

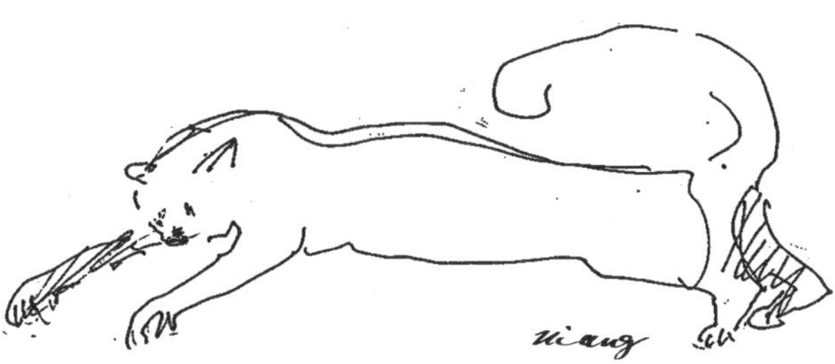

macht himmelhohe Sprünge –

rollt sich anmutig herum, zeigt ihren verführerischen weichen Bauch –

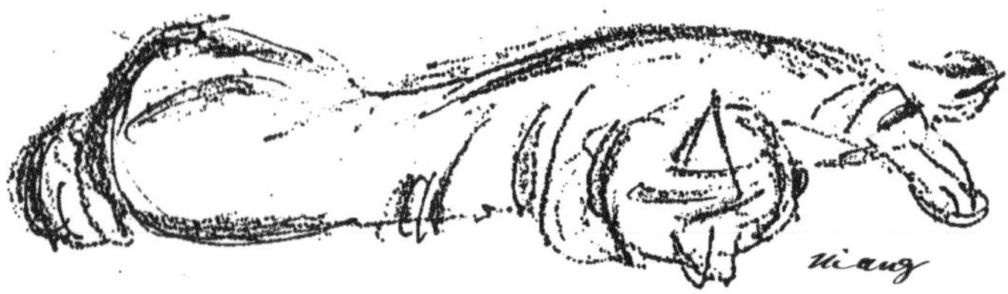

und Professor Einstein bringt der traurigen Tutehornkatze ein Ständchen, was sie so aufheitert, dass sie die Melodie, hinter der sie her ist, für kurze Zeit vergisst.

Auf einmal ist der Graue wieder da, zurück aus der Ewigkeit, die ihn, wie vorzeiten meine Nachbarn, nicht behalten wollte, vermutlich aus Angst, er werde ihr die Haare vom Kopf fressen. Was, wie ich zugebe, ein schiefes Bild ist, die Ewigkeit hat wohl weder einen Kopf noch Haare drauf, aber –

Es ist eine gefährliche und folgenschwere Anmaßung, und zeugt obendrein von absurder Dummdreistigkeit, alles, was unsere Vorstellung übersteigt, für nichts zu achten, belehrt Montaigne San Filippo. *Denn habt ihr einmal die Grenzen von Wahrheit und Lüge festgelegt, und es findet sich, dass ihr plötzlich an Dinge zu glauben gezwungen seid, die an Befremdlichkeit die von euch geleugneten noch übertreffen, bleibt euch nichts anderes übrig, als eure Grenzziehung wieder aufzugeben.* So steht's geschrieben in meinem siebenundzwanzigsten Essai.

Amen! sagt San Filippo, als Heiligem

bleibt ihm ja nichts anderes übrig, als an Dinge zu glauben, die unsere Vorstellung übersteigen. Und weil auch ich von einem großen Geist wie Montaigne nicht für dummdreist gehalten werden möchte, lass ich ihn halt stehn, den Satz von der Ewigkeit mit den Haaren auf dem Kopf.

Der Kater ist nun aber nicht mehr grau, sondern grün, guckt dumm und schüttelt die linke Pfote. Nur mein alter Balthasar schläft den Schlaf des gerechten Katers.

Aber irgendwann ist endgültig Schluss. Die Blaue Stunde, die offenbar gemerkt hat, dass ihr etwas fehlt, muss zurückgekommen sein, denn nun höre ich einen Pfiff und dann die Melodie von ›Ihr Kinderlein kommet!‹

Die Katzen, eine Pfote erhoben, erstarren, stehen da wie versteinert. Noch ein Pfiff – *O kommet doch all!* –, und sie werden wieder lebendig, dann laufen alle in die gleiche Richtung. Auch Balthasar, in Wahrheit der Gestiefelte Kater und falsche schwarze Heiligdreikönig, dem ich einen leichten Schubs gebe, trottet hinterher. Ich stelle mir vor, wie die Blaue Stunde abzählt: Seid ihr alle da? Ja, maunzt der Chor der Katzen, wir sind alle da.

Der Mann wird Ihnen sagen, wo Sie aussteigen müssen, sagt Jacqueline träumerisch, gibt meiner Backe einen Kuss und hangelt mit dem großen Zeh nach ihrer rechten Sandale.

Dann los! sagt die Blaue Stunde, verlässt

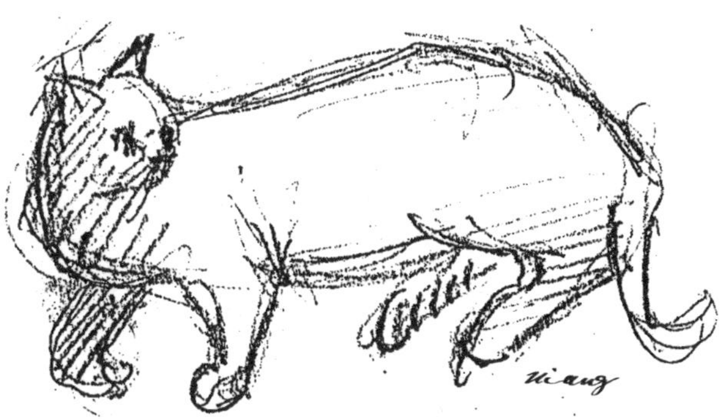

nun endgültig meinen in Dunkelheit versinkenden Garten und zieht mit ihrem Gefolge, dem sich, ich ahne es mehr, als ich es sehe, Jacqueline, am Arm von Monsieur Baudelaire – rechts – und San Filippo – links – angeschlossen hat, davon, abend- und nachtwärts …

Eva Berberich im dtv großdruck

»Es wird Katzenbücher geben,
solange es Menschen gibt.«
Stuttgarter Zeitung

Alles für den Kater
ISBN 978-3-423-**25187**-7
Eine idyllische Geschichte um eine ältere Dame und einen Kater, der in ihrem Leben einen wichtigen Platz einnimmt.

In der Blauen Stunde kommen die Katzen
ISBN 978-3-423-**25295**-9
Eine fantasievolle Katzengeschichte. Mit Zeichnungen von Eva Berberich und Jacqueline Kiang.

Bitte besuchen Sie uns im Internet: www.dtv.de

Henning Mankell im dtv großdruck

»Mankell liest man nicht, man trinkt ihn –
in einem einzigen gierigen Schluck.«
Dieter Heß im Bayerischen Rundfunk

Die Pyramide
Übers. v. Wolfgang Butt
ISBN 978-3-423-**25216**-4

Der Tod des Fotografen
Übers. v. Wolfgang Butt
ISBN 978-3-423-**25254**-6

Wallanders erster Fall
Übers. v. Wolfgang Butt
ISBN 978-3-423-**25270**-6

Der Mann am Strand
Übers. v. Wolfgang Butt
ISBN 978-3-423-**25283**-6

Bitte besuchen Sie uns im Internet: www.dtv.de

Henning Mankell im dtv großdruck

»Ich stehe da, mit einem Fuß im Schnee
und dem anderen im Sand.«
Henning Mankell über sein Leben zwischen Schweden und Mosambik

Der Chronist der Winde
Übersetzt von Verena Reichel
ISBN 978-3-423-**25242**-3
Die Geschichte eines afrikanischen Straßenkindes. »Dieser Roman hat einen besonderen Platz in meinem Herzen.« (Henning Mankell)

Tea-Bag
Übersetzt von Verena Reichel
ISBN 978-3-423-**25260**-7
Tea-Bag ist ein Flüchtlingsmädchen aus dem Sudan. In Schweden begegnet sie einem gefeierten Autor. Ein bewegender Gesellschaftsroman.

Das Auge des Leoparden
Übersetzt von Paul Berf
ISBN 978-3-423-**25290**-4
Aus einer kurzen Reise nach Afrika wurden neunzehn Jahre auf einer Farm in Lusaka. – Mankells Meisterwerk.

Bitte besuchen Sie uns im Internet: www.dtv.de

dtv großdruck

Bleib gesund und fröhlich

Zusammengestellt von
Helga Dick und Lutz-W. Wolff

ISBN 978-3-423-**25257**-7

Ein heiteres Lesebuch für alle Tage mit Geschichten und Gedichten von Heinrich Böll, Alois Brandstetter, Katrin Dorn, Anna Gavalda, Egyd Gstättner, Eveline Hasler, Johann Peter Hebel, Elke Heidenreich, Ernst Heimeran, Heinrich Heine, Mascha Kaléko, Erich Kästner, Ephraim Kishon, Elena Lappin, Siegfried Lenz, Isabella Nadolny, Christine Nöstlinger, Herbert Rosendorfer, Eugen Roth, Rafik Schami, Hans Scheibner, Karla Schneider, Angelika Schrobsdorff, Uwe Timm, Ljudmila Ulitzkaja, Frank Wedekind und Renate Welsh.

dtv großdruck

Lach doch wieder!

Geschichten, Anekdoten, Gedichte und Witze

Zusammengestellt von Helga Dick und Lutz-W. Wolff

ISBN 978-3-423-**25137**-2

Lachen und Weinen gehören zusammen, und ein bißchen Galgenhumor ist allemal besser als Selbstmitleid und Verzweiflung. Es geht uns besser, wenn wir zu den Dingen und zu uns selbst etwas Distanz haben, das zeigen Peter Bamm, Erma Bombeck, Ilse Gräfin von Bredow, Art Buchwald, Sinasi Dikmen, Trude Egger, Lisa Fitz, Axel Hacke, Ursula Haucke, Johann Peter Hebel, Elke Heidenreich, Inge Helm, Irmgard Keun, Siegfried Lenz, Christian Morgenstern, Christine Nöstlinger, Alexander Roda Roda, Herbert Rosendorfer, Eugen Roth, Hans Scheibner, Michail Sostschenko, Phyllis Theroux, Ludwig Thoma und Kurt Tucholsky.

dtv großdruck

Viele schöne Tage

Ein Lesebuch

Zusammengestellt von
Helga Dick und Lutz-W. Wolff

ISBN 978-3-423-**25126**-6

Vierzehn ungewöhnliche Erzählungen von Madison Smartt Bell, Heimito von Doderer, Barbara Frischmuth, Peter Härtling, Marlen Haushofer, Franz Hohler, Hanna Johansen, Marie Luise Kaschnitz, Roland Koch, Siegfried Lenz, Margriet de Moor, Isabella Nadolny, Herbert Rosendorfer und Christa Wolf.